去爱这
热气腾腾的
人间

马拓 著

© 中南博集天卷文化传媒有限公司。本书版权受法律保护。未经权利人许可，任何人不得以任何方式使用本书包括正文、插图、封面、版式等任何部分内容，违者将受到法律制裁。

图书在版编目（CIP）数据

去爱这热气腾腾的人间 / 马拓著 . -- 长沙：湖南文艺出版社，2024.6
ISBN 978-7-5726-1865-9

Ⅰ. ①去… Ⅱ. ①马… Ⅲ. ①故事—作品集—中国—当代 Ⅳ. ① I247.81

中国国家版本馆 CIP 数据核字（2024）第 105582 号

上架建议：文学·随笔

QU AI ZHE REQI TENGTENG DE RENJIAN
去爱这热气腾腾的人间

著　　者：马　拓
出 版 人：陈新文
责任编辑：张子霏
监　　制：邢越超
策划编辑：刘　筝
特约编辑：王玉晴
营销支持：文刀刀
封面设计：UNLOOK 广岛
封面插图：茉　白
版式设计：潘雪琴
内文排版：百朗文化
出　　版：湖南文艺出版社
　　　　　（长沙市雨花区东二环一段 508 号　邮编：410014）
网　　址：www.hnwy.net
印　　刷：河北鹏润印刷有限公司
经　　销：新华书店
开　　本：875 mm×1230 mm　1/32
字　　数：181 千字
印　　张：7.5
版　　次：2024 年 6 月第 1 版
印　　次：2024 年 6 月第 1 次印刷
书　　号：ISBN 978-7-5726-1865-9
定　　价：49.80 元

若有质量问题，请致电质量监督电话：010-59096394
团购电话：010-59320018

目录

← PART 1

阿宝和牡丹	002
执念	006
彩灯带	009
爱情的须臾里	012
薛定谔的微信好友	016
姥爷	020
就算是为了自己	024
带着兔子坐地铁的男孩	028

浪漫的定义	031
成年人的崩溃	034
越长大越想家	037
别生虚无的气	040
一捧救命药	043
驱赶孤独的假动作	046
青春滤镜	049
坐在地铁口的男人	052

1

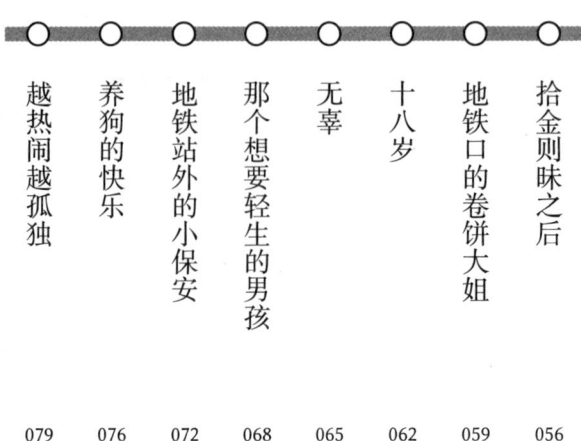

拾金则昧之后	056
地铁口的卷饼大姐	059
十八岁	062
无辜	065
那个想要轻生的男孩	068
地铁站外的小保安	072
养狗的快乐	076
越热闹越孤独	079

← PART2

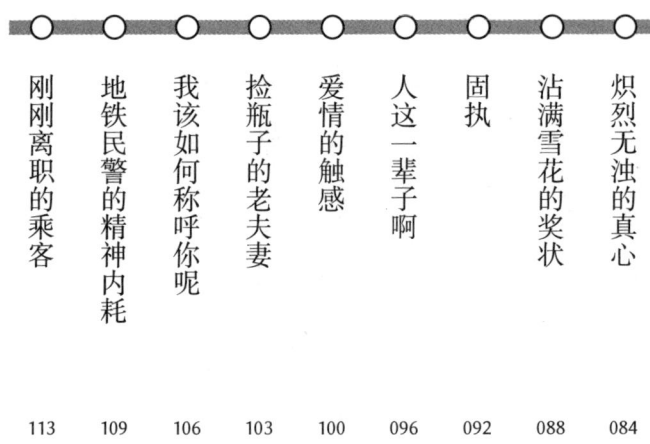

炽烈无浊的真心	084
沾满雪花的奖状	088
固执	092
人这一辈子啊	096
爱情的触感	100
捡瓶子的老夫妻	103
我该如何称呼你呢	106
地铁民警的精神内耗	109
刚刚离职的乘客	113

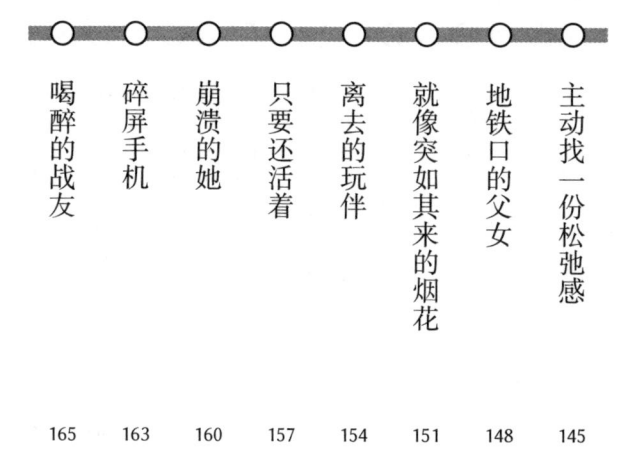

母亲走后	116
执念背后	119
偏心	122
融不进去的圈子	126
请保洁阿姨喝茶	129
身怀利器	132
站台上的母女	135
曾经想要轻生的她	139
嘿，你今天是怎么了	142

主动找一份松弛感	145
地铁口的父女	148
就像突如其来的烟花	151
离去的玩伴	154
只要还活着	157
崩溃的她	160
碎屏手机	163
喝醉的战友	165

← **PART 3**

墓碑上的男孩	168
小时候的梦想	171
救命稻草	174
古怪大爷	178
保洁大爷的恋爱观	181
敢自嘲的人	184
酒鬼的父亲	187
当你坚持原则时	190
蛰伏的坏情绪	193

起码要从容	196
按急停按钮的小孩	199
傻乎乎沟通术	202
五张比萨	205
要去爱，而且认真爱	209
地铁站里的情侣们	213
警察荣誉	215
番外	218

← PART1

阿宝和牡丹

多年前我们地铁站外有一对卖水果的男女，男的被唤作阿宝，女的人称牡丹。牡丹的脸上因为风吹日晒，有一些岁月感，嗓子也因为叫卖，总是哑哑的，但她的五官很漂亮，一双杏眼时而深邃、时而澄澈，站在夕阳斜下的马路边打理摊位的样子，特别像电影里渲染烟火气息的空镜头。

阿宝的形象与牡丹就不大登对了，撇开肥硕的身材和普通的样貌不说，气质就有点儿鸡贼。有时候晚高峰，小贩们在地铁站外会影响客流，我过去制止，阿宝总是话最多的那个。他一会儿要给我几斤水果，一会儿又见机阳奉阴违。我处罚过他一次后，他老实了。他之后再见到我，先是对我说些甜言蜜语，下一秒就朝身边傻愣着的牡丹张开双臂，跟哆啦A梦撞见老鼠似的惊叫："快点儿挪地儿呀，马警官着急啦！"

瞧着他那副浮夸样儿，我心里就疑惑，牡丹一个那么漂亮本分的姑娘，怎么找了这号人？

后来我才知道，他俩最开始不是一路人。原先他们都在立水桥那边摆摊卖耳机，都说同行是冤家，但在这俩人身上是缘分。

牡丹是本地人，打小学习不好，找工作又遇到各种不顺，后来干脆摆了个摊，一边挣钱一边解闷。但她对做生意没概念，进货、出货、流水、利润什么的都是糊涂账，一开始卖了一天自己还要往里搭钱。阿宝就不一样了，这小伙子在京城摸爬滚打好多年，太晓得挣钱的门道了，他总帮着牡丹精打细算，跟她说什么好卖、什么赔钱，天天给她灌输生意经，买卖红火时还特别大度地给她引流，把她感动得不要不要的。

后来有一次天太热，牡丹在桥墩底下中了暑，两眼一黑倒下了，阿宝冲过去帮她掐人中。别的摊贩早就看出他的小心思，一个劲儿起哄说："做人工呼吸啊！"

阿宝哪儿敢，兀自全神贯注地按牡丹的人中。牡丹醒来说的第一句话就是："牙差点儿让你按豁了！"

后来俩人就好了，两个摊变成一个摊。过不多时，阿宝嗅到了新的商业气息，俩人就跑到我们地铁站外卖油桃来了。

这些都是牡丹告诉我的。对，我还是没忍住，在外面巡逻时佯装无意间跟她聊起了这个话题，然后脑中画面感顿起，想象着被阿宝粗壮的大黑手千斤拨四两一般地掐着人中，嘴疼之余，不得不承认阿宝这家伙还是有那么点儿靠谱的。

阿宝对牡丹一直很好。我记得他们卖的主要是油桃和草莓，讲究的就是新鲜，每天天不亮阿宝就要去南城上货，回来后睡一觉，牡丹就趁着这个时候挑挑拣拣、缝缝补补。到了午后他们俩便骑着电动三轮车带着好几箱红彤彤的、沥着清水的瓜果出摊。那时候马路边有不少夫妻档,但很多都有着中年生活的鸡零狗碎。他们有时候卖着卖着,自己家两口子先吵起来了,女的嫌男的懒,男的怨女的笨,反而是阿宝他们这一对形象上最不般配的最有CP感[1]。

有时候我出去溜达,看见阿宝在马路边用大水瓶子冲洗草莓给牡丹吃,我皱着眉,刚想说一句"有没有农药啊",但牡丹的腮帮子已经鼓鼓囊囊地运作起来,转瞬间草莓叶子都吐出来了。

后来有一天,阿宝和牡丹突然心事重重相顾无言,油桃摊上阴云笼罩,好像这里唯一的爱情神话就要破灭了。我一打听,才知道俩人正准备结婚,但牡丹的妈妈提出了一个要求,就是让阿宝必须买一套房,北京的买不了,就买河北的,总之一定要有房子才能领证。

我知道牡丹是本地人,家里是有一套房子的,按说房子不是刚需,但准丈母娘提出的这个要求也不能算过分。我悄悄地跟阿宝说:"人家老人想给女儿一个保障,而且没太为难你,你就尽力而为呗。"阿宝说:"是是是,我理解,但在哪儿买不也得凑钱嘛。"

我说:"废话。"

他眼珠子贼贼地一转,压低声音:"要不你跟我媳妇说说,要是不跟我领证,你就把她拘了。"

我眼睛还没瞪圆,他又扭着大粗腰嘿嘿笑道:"逗你呢!"

牡丹在不远处好像听见了,白眼翻出一个抛物线,说了句什么,从嘴形上看应该是:"有病。"

后来俩人还是天天来,但自那之后,我和他们打交道就跟有了主线任务似的,总会多问一句:"怎么样啊,钱攒够没?什么时候领

---

[1] CP感:网络流行语,指认为两人看上去很般配。——编者注(本书注释如无特殊说明,均为编者注)

证啊?"

"攒着呢,攒着呢。"阿宝一边满头大汗地根据我的指挥挪地儿,一边嘿嘿讪笑。

有一次我这样问,他自豪地说:"带着老太太去固安看了楼盘,有一套她很中意嘞!"

后来还有一次,他小声告诉我:"其实首付快够了,但我没说实话,要是显得那么容易就没趣了。"

我说:"你怎么那么鸡贼!"

"嘿嘿。"

再后来,我就调离那座地铁站了。那座地铁站经历了改造,外面盖了安检大棚,马路上又设了自行车道,摊贩们也都不来了。这一变迁,就是好几年的光景。有时候我在市场买水果,看见水光亮丽的油桃就会想,阿宝和牡丹最后到底领没领证?俩人现在又在哪儿摆摊呢?

去年有一次我经过那座地铁站,过了马路后竟然偶遇了一个以前摆摊的小贩,我赶忙拉住他问:"阿宝和牡丹怎么样啦?俩人结婚没?"

小贩做了一个类似"打住"的手势,我心里登时一凉:"分了?"

"孩子都这么高啦。"

执念

我处理过一个在站口扰序拉活的黑车司机。这人平时特别油嘴滑舌，我也从没把他那些不着四六的话放在心上。但处罚他的过程中听他闲聊了一件事，还挺值得玩味的。

他说他其实从小是被人领养的，养父母对他还行，除了自己不太上进，生活一直还算差强人意。二十出头的时候，他从别人口中得知了自己亲生母亲的近况，经过进一步打探，又知道了她当时的详细住址。

当年他母亲是未婚先孕生的他，生下他之后就托人把他送给别人抚养，并且从没看望过他这个亲儿子，所以他根本不记得母亲的样子。于是他做了一个决定，要亲自去一趟他生母家，见一见那个人，哪怕是随便聊几句也好。

我心想，见什么？一个抛弃孩子多年并且毫无悔改之意的人，两人唯一的关联可能就是 DNA 里那些字符了吧，就好像我们法医鉴定意见里的名词——生物学母亲，有这闲工夫还不如好好孝敬养父母。

但我没有直截了当地提出来。因为我知道他一贯行事乖张，做出多出格的事都不稀奇，同时作为一个喜欢听故事的人，我也隐隐生出了些许猎奇心理，万一这事后来有反转呢？比如当年有什么隐情，终于解开了什么误会，等等。

随后他告诉我，他去他生母家之前做了充分的准备，比如找了个中间人提前跟生母打了招呼，还让那人陪自己同往，又特意凑了两千块钱，当作见面礼。

我实在是憋不住了："这钱是啥讲头？"

他脱口而出："我也不知道啊，我就是觉得不能空手上门，挺不好看的，买东西吧，拿什么又都挺别扭的。"

"然后呢？"

然后他就去了，结局平平无奇。他们两个人，加上生母和她现任丈夫，四人坐在不大的客厅中大眼瞪小眼，很客套地聊了二十分钟。一对如假包换的亲生母子，在二十多年后的重逢时光里，刻意避讳着当年那些不堪往事，聊的话题无聊又吊诡，所有的一切无关宏旨匆匆略过，空气凝固得几乎伸手就能抠出"尴尬"二字。

最后，他放下钱，在生母无比客气的送别声中，跨出了那个家门，从此两人再无联络。

我说："你这是何苦呢？她也没想找你，而且早就有了自己的生活，说不定她早就把你忘了。要是我，我才不去呢。"

他想了想，问我："哥，你说得轻松，你要是活了二十多年，忽然知道了自己是打哪里来的，难道一点儿都不好奇吗？你不想看看真正生你的人，从样貌、说话方式到办事风格，到底是什么样的吗?"

我沉默了一会儿:"那你也可以偷偷过去看吧?"

他摇摇头:"要是不试着跟她聊聊,我怎么知道她其实并没有多么想见我呢?见了她之后,我满足了自己的好奇心,也就死心了,后来再也没动过去找她的心思。"

没来由地,我背后像中了一箭,不自觉地正了正身子。

不见上生母一面,会一直觉得有个亲妈在远方疼念自己,这是如星火般的期望,也是如水中月般的执念。如今试着见了,发现这只是一场虚空大梦,那就赶紧醒来,停止一切内耗。

平日里,我何尝不是对某件事或者某段感情始终抱着若有若无的期待呢?但我惧怕求证,惧怕得到一个自己难以承受的结果,所以我宁愿留给自己一息尚存的希望,也不愿去主动敲醒那个沉睡着的可能残忍的真相。现在想想,那不是希望,那只是我在懦弱中假装安全而已。

人真的要学会"试试"和"放下",对生活勇敢一点儿,清醒洒脱地做自己,虽然偶尔也会痛苦,但总比凭着幻想讨欢喜强。

就像是电影《绿皮书》里说的那样:"世上这么多孤独的人,都是因为害怕踏出第一步。"

彩灯带

有一回我晚上巡逻,看见安检员拦下了一位姑娘,问她包里有一团电线模样的东西是什么。姑娘一开始还有点儿迷惑,打开背包才恍然大悟,然后捧着一把七缠八绕的线给对方展示,不无得意地说:

"某宝上买的彩灯带啦!"

安检员也是个小姑娘,看见上面星星点点的小灯泡好奇极了,歪着脑袋问:"嗯?是霓虹灯吗?"

"不是不是,"姑娘又把灯带展开了些,像捧着哈达一样神采飞扬,"就是挂在家里装饰用的灯,可以用手机控制变颜色,调节氛围,可有意思啦。"

好几个安检员都往她的方向瞅,不知道的还以为地铁里来了家居带货员呢。我也不禁凑过去看热闹。

安检员说:"嗯嗯,好,您可以通过了。"

姑娘整理了一番，忽然石化："完了，瞎了。"

我问："怎么了？"

她摆弄着手里的一团乱麻："怎么好像打上死扣了？"

我说："没事，我帮你弄。"

我俩一边择那团纠缠不清的小灯泡，一边又随口聊了几句。

她说她刚刚毕业，通过校招找了一家比较中意的公司上班，又跑跑颠颠好几天，租了一间还算称心的小屋。她预算不多，只能住次卧，但好在不临街，水电网络什么的也都挺有保障的。

这是她在这个城市中第一次拥有自己的独立空间，所以哪怕只有八九平方米，她也想充分实现那些心中蛰伏已久的梦幻想象，把它打造成自己的专属宇宙。

当窗帘、台灯、墙画这些充满她浓郁个人风格的装饰逐渐落实之后，夜幕降临，她站在宇宙中央形影相吊的时候，还是觉得少了点儿什么。

还是不像一个家，有点儿像旅馆和民宿。尤其是当她瞥见有半壁阴影的白墙，哪怕是专注于上面花花绿绿的画作和陈列在悬挂式书架上的小摆件时，她也找不到自己和它们之间的关联。它们就像是博物馆里的陈设，安稳、孤立，是沉心欣赏的良品，却不是催发烟火气的家庭细节。

她就想，什么时候自己回到家，打开灯，能有一种哪怕是意料之中也会发出"哇"的一声惊叹的小确幸呢？

她熬夜在网上寻觅。当她看到这种小灯带的介绍时，马上被里面的一句广告语击中了，好像是这么说的：只要亮起它们，所有酸楚都会变甜。

说到这儿时她的眼神是沉醉的。

我却有点儿发笑,看来女孩子真的好哄啊。

灯带被我们捋好,老老实实地装在塑料袋里,被她装进书包。

我说:"赶紧走吧,到家拿出来时别再弄乱了。"

"好咧!"

也是挺巧的,那天晚上我拖着一身疲惫走出地铁站,发现天空格外澄澈,穹顶下几个大人带着孩子在广场上玩车拍球,笑声划破寂静,令我下意识停住步伐。抬头望去,星星点缀,熠熠闪烁,那种暗与光的巧妙排布,像是刻在我们骨子里的生命力,一面庸碌黯淡,一面生机勃勃。

忽然不那么累了。

原来真的很美。

爱情的须臾里

我们地铁站广场上以前有个凉皮店,不到十平方米的小板房,除了门脸,里面还摆了两张油乎乎的小桌子。浓缩便是精华,当你走出人潮汹涌的地铁站,忽然瞥见这个酱气打底、醋风阵阵的小门脸时,就突然像被它提醒要对自己好一点儿似的,肚子趁机"咕咕"叫上两声。

店里只有两个伙计,一个中年店长,一个小伙子。小伙子叫作小峥,是个中等个头的娃娃脸小哥。

我最初注意到小峥,是有一次去店里买吃的。当时一位在我前面的顾客要买一个豆沙饼。小峥把饼从窗口递出来,顾客一咬,发现小峥拿错了,是糖馅的。他把饼拿给小峥看,小峥连忙给换了一个。

这时,我发现在后面忙碌的店长的脸色已经不大好看了。

顾客眼珠一转:"我咬的那个你也卖不了了,就送我呗?"

小峥的娃娃脸像是高速移动中忽然被定住的果冻,他傻乎乎地愣了两秒,笑嘻嘻地把糖饼送给了他。

店长的脸色此时怎么形容呢,反正要不是我正饥肠辘辘,真就被尴尬跑了。

后来我才知道那店长早就对小峥有意见,因为小峥不光心思单纯、大大咧咧,还是一个"恋爱脑",成天一副神经兮兮的样子。小峥有个小女朋友,在南城的一家饭馆跟亲戚一起当服务员。两人谈了一年多,总想着凑在一起打份工,却一直没能如愿。现在小峥每天除了工作,最大的乐趣就是捧着手机和女友聊天、视频,搞得店长每次发号施令时他的反应都会慢半拍。

"面和好了没?"

"和好啦。"

"在哪儿呢?"小门脸里传来叮叮当当的翻找声。

"下面,下面屉子里。"

"那是凉皮面!我问你烧饼面呢?"

"哦,那儿呢,那儿呢!正醒着呢!"

"别看手机了,洗面筋去!"

更让店长冒火的是,不论他怎样发飙挑刺,小峥都是一副笑脸相迎的模样,好像手里的手机就是快乐源泉,有了它任何负能量都不足为惧。有时候我看见店长的脸被憋得通红,好像一肚子的抱怨已经跟编好了的程序似的等待被一键触发,却被小峥的淡定瞬间化解。没办法,爱情就是一套以柔克刚的魔法套拳,没有的人只能生吞狗粮干瞪眼。

这我不是瞎说,我听说店长也是和老婆长期分居,老婆在老家带孩子,他自己一个人在北京打拼。但是这个中年男人几乎不怎么和家里联络，社交活动也几乎为零。他总是孤零零地来，孤零零地去，买卖少的时候蹲在花坛牙子上叼根烟，闲暇时也从不像别的商贩会和大家互相传阅家里发来的孩子照片。也许他有什么别的苦衷，我就不得而知了。

小峥就不一样了，他连吃饭都攥着手机，树荫、通道、限流带，都是他和女友眉目传情的背景板。不管场景有多嘈杂多无趣，他都能氛围满满地对着屏幕说出娇羞卖萌的情话。你会看到他在点开视频前用还沾着面粉的手指轻轻打理一下头发，用戴着套袖的手蹭一蹭鼻子上的油污；点开视频后，又像是主播一般向女友尽情展示自己所处的场所。但凡屏幕那边传来一声笑，他就像是被人刷了火箭一般，兴奋得两眼放光。

唉，年轻真好啊，哪怕身上落满灰尘，抬头也总能看到星星。

本来这样的景象我已经见怪不怪了，后来过了几个月，我忽然发现自己很久没有看到那个蹲在路边谈情说爱的身影了。我跑去凉皮店买吃的，老店长和小峥都在，只是气氛似乎有了微妙的变化。小峥和店长各行其是，鲜有的交流让两人之间竟然生出了一丝荒唐的默契。

有天下班我迎面碰见小峥搬着一筐黄瓜往店里走，作为熟客的我没话找话地打招呼："没跟媳妇打视频啊？"

本来他见我时是面露微笑的，听我这么一说，脸又像果冻似的微微颤了颤，说："没了。"

我一时手足无措，没了？去世了？

"分手了？"

"嗯，她回老家了。"

我被吓了一跳，再看他，他已经走远了。搬着箱子的背影随着人流，看起来却是那么形单影只。

分手后的小峥得到了一项意想不到的福利，就是店长对他的态度的转变。我几乎没再看到店长颐指气使地吆喝或者指责小峥，吩咐干活时，用的也多是客气的语调。甚至有一次我还看见在店门外，店长给这个小伙计递了一支烟，两人对着马路自顾自地慢慢抽着，这在以前真的是想也不敢想的景象。

但后来，小峥还是走了。小峥走后，店里只剩了店长一个人。据说小店老板一时没有招新伙计的打算，所以所有的活都压在了店长一人身上。最初店长还会跟别的商贩抱怨曾经小峥的马虎大意给他制造了这样那样的麻烦，但慢慢地也就无暇说了。每当我路过他们那个小店，看见店长一个人满头大汗地在柜台后面忙碌就会想，也许这时候他多半也会盼望能有一个帮手吧，哪怕这个人是一个成天抱着手机傻笑的痴情人，也不会成为辣他眼睛的小讨厌鬼了。

但我一点儿也不觉得小峥可悲，或者是可怜。尽管他的爱情没有结果，却也让我看到了他普通外表之下的很多鲜艳的瞬间。爱情的须臾里，他可以用幻想给平凡无味的生活镶一条少男心的花边，用期待阻隔现实中随处袭来的惶恐。有那段爱情在，他的眼里就能闪耀好一阵的光，他就可以展示青春的特权，就可以笑得和所有心怀浪漫的人一样自信。

最重要的是，心里能够随时对那些外界的嘈杂说一句：爷不在乎，哈哈！

哪怕没有结局，这也是一番令人羡慕和嫉妒的体验，尤其是对那些已经不会再爱的人来说。

一 薛定谔的微信好友

一个姑娘找我报案,说自己把手提袋落地铁上了,里面有钱包。

钱包里现金倒是不多,我说:"那还好,但最好把里面的银行卡先挂失下,万一被谁捡到顺走了,有可能会被盗刷。"

姑娘是小家碧玉型的,眉眼很漂亮,但不知为什么看上去有点儿忧郁。

我说:"别担心,挂失前问问银行你的卡在这期间有没有被盗刷,如果没有就说明没啥损失。"

她说:"我倒还好,但里面有一张我前男友的信用卡。当时我们准备结婚,他就放了一张信用卡在我这里,我一次都没刷过,前几天刚分了手,我还没来得及还回去呢。"

明白了,这是一个伤感的故事啊。可是我也没啥好办法:"那你只能给他打个电话,让他本人挂失一下。"

姑娘特纠结,俩眉毛都挤到一起了:"唉,也怪我一直记性不好,现在卡丢了再找他怕他误会啊。"

"……那这也是没办法的事。"

"可是我已经把他的微信删了,难道要再申请加一遍?"

"那打电话?"

"……"

我见她实在为难,只能支招了:"其实,如果你把删了的人加回来,对方是察觉不到的,你只需要单方添加,就能直接说话。"

我明显能感觉她眼睛一亮:"真的啊?"

我说:"只要对方没有删除你。"

她忽然格外紧张。

但除此之外又有什么办法呢?她抽出手机,滑开屏幕。我发现她的手机锁屏和桌面都是白图,也就是说没有任何图案和颜色。

姑娘有点儿不好意思:"原来放的是我俩婚纱照的小样,后来放什么都觉得不对劲,就一直空着。"

我说:"哦。"

她按我的方法添加了他,然后迅速退出他个人信息的页面(我猜可能是不想看到他朋友圈的照片),把手机拍到自己膝盖上,朝我深吐一口气:"你真不应该告诉我这个方法。"

我感觉整个屋里都能听到她心跳的声音了。

我有点儿无所适从地挠挠头:"肯定要通知他一声,毕竟卡是他的啊。"

她严阵以待:"对对对。"

然后她拿起手机小心翼翼地往他的对话框里敲文字。

她敲了足足有五分钟,想必是挖空了心思在措辞。我耐心等待。

"他回复了吗?"

"刚发出去。"她长嘘一口气。

那样子,好像刚刚经历了一场长途跋涉。

人生中最想忘记的,往往都是那些刻骨铭心的人或事,于是刻意的遗忘就变成了变相铭记。这是一个悖论。

想起一句歌词:接近换来期望,期望带来失望的恶性循环。

然后很奇怪的是,我发现她还直勾勾地盯着手机屏幕,一动不动。

我猜她是在看他的朋友圈。

但她的手指头却没有动。

她甚至连眼珠都没有转动。

目不转睛。

我说:"你看什么呢?"

她依旧盯着屏幕:"看他名字什么时候变成'对方正在输入'。"

"然后呢?"

"这样我就能知道他从看到信息开始到给我回复,思考了多久……"

好震撼。

她盯着屏幕时那一眼都不敢眨的表情,那么沉浸专注,那么超然物外,好像在完成一件这世上只有她能胜任的工作。那一刻丢东西这件事本身,已经被扔到九霄云外了。

幸运的是,她的手提袋被好心人捡到送到了车站指挥室,物归原主了,但我始终忘不了她盯着手机屏幕时认真的样子。

我甚至有些羡慕。她可以和一个自己那样在乎的人走过一段路,哪怕结局不美好,但过程也一定很美好了,这一点我格外相信。因为她的那个表情依然还带着幸福的惯性,让我这个陌生人都忽然开始祈盼,既然已经加回来了,就来点儿下文吧。

但是在那个场合下,出于边界感,我说不出这种话。如果再给我一次机会,我真想告诉她:愿你们破镜重圆,重新回到结婚的前奏,把手机背景换回那些浪漫的合照,卡还是你拿着。

并且,刷爆它。

一

姥爷

　　姥爷去世八年了。八年前,在那间狭小的病房里,医院殡仪馆的人在刚刚咽气的姥爷的床前问我们一众家属:"来个胆大的,一起把老人抬下来?"愣了很久的我如梦初醒,跳上病床,按照对方的指示握住姥爷的手。

　　还是热的,但是好粗糙啊。我猛然发现,这好像是我从记事以来,第一次和姥爷握手。

　　我至今都不知道姥爷的祖籍是哪里,家人也都说不清楚,只知道他年轻时曾经赶过大马车,经常挥舞着鞭子在公路上颠颠簸簸,因为身强力壮、人品正直,还当过农场生产队的大队长。

　　打我记事起,姥爷就六十多岁了,个头高高的,脊梁总是挺得溜直,不抽烟,不喝酒,不提笼架鸟,也不像其他老汉一样聚众聊天,总是趿拉着一双老头鞋,在狭长的院落里忙一些我看不懂的活计,但凡看见什么不平事就破口大骂,是家里公认的不稳定因素。

不过姥爷的厨艺却很好。小学时我中午去他家吃饭，经常能吃到他做的各种美食。比如汤汁浓郁的西红柿蛋汤，入口即烂的炖菠菜，还有油光酥脆的韭菜馅饼，等等。

即便是这样我也很怕姥爷，总觉得他铁塔一样的身影会随时泰山压顶，为一点儿芝麻粒大的事把我喷得体无完肤。更有甚者，姥爷还会牢记我一天所有的捣蛋记录，原原本本地告诉我妈，让我从精神到肉体不留遗憾地受到双重打击。

有一次，我妈来姥爷家接下了学的我，见我没有好好写作业很恼火，姥爷见状不仅不劝，反而在一边添油加醋，气得我妈在院子里胖揍了我一顿。此后我便一直记恨姥爷，总想着要些什么花招报复一下。直到某天，我发现姥爷买回来一只蝈蝈，挂在窗弦上每日聆听叫声。我不露声色，趁着姥爷出门之际抄起一瓶杀虫剂朝着蝈蝈喷去，几秒钟之后那蝈蝈便口吐绿水一命呜呼。

行云流水，复仇成功。

姥爷发现蝈蝈暴毙之后，先骂了句脏话又叹了口气，说早知道就不给它喂那么多菜叶子了。

时间一年又一年地过去，姥爷的脾气越发古怪。有时候会因为看到我们买回花哨的饮料而骂骂咧咧，转眼又突然拧开瓶子一饮而尽；有时候会因为自家两个房客谈恋爱，他觉得有伤风化，过去棒打鸳鸯。直到他八十多岁时自己出去理发，和理发师发生了争执，在回家的途中忽然迷了路，精神出现了很大问题，到医院一检查，小脑萎缩，阿尔茨海默病。

姥爷去世的前几年我觉得很漫长。那时候舅舅一家已经搬到了楼房，姥爷一个人住在带有阳台和小院的主卧里，却完全没有一点儿安度晚年的状态。他忘记了怎样做饭，忘记了怎样干活，甚至记不得自己出门遛弯的路线，最后慢慢地，连人也不认识了。

我去舅舅家，见到姥爷，发现他眼里再也没了曾经的凌厉，取而代之的是略显麻木的疑惑。我跟他说我的名字，说我是谁谁谁的孩子，谁谁谁的弟弟，他往往只是点点头，轻轻地哼一声，好像并不是真的认出来了，而是疲于应付而已。

临终前，姥爷的状态很不好，完全失去了自理能力，器官衰竭严重，身上经常出现难以治愈的感染，精神上也经常出现幻觉；会把排泄物抹得到处都是，会把压根没人动的存折整日揣在怀里。再后来他就一动不动地长期陷入昏迷，住院以后，几乎没有清醒的时候。

直到被宣告死亡的那一天。

当我跳上姥爷的病床，试着和工作人员一起将他抬到小推车上时，我摸着他的手才发现，原来姥爷手上有这么多茧子啊，就像是干巴的鳞片一样。那一刻我才想起，我的姥爷，在我出世之前，就已经经历了六十多年的人生，养育了四名子女，赶过轰轰烈烈的大马车，当过说一不二的大队长，做得一手好菜，又在最应该享清福的年龄失去了记忆，没有去很远的地方旅游过，没有用过智能手机，甚至没有坐过地铁，没有点过外卖，也到最后都不知道，多年前那只自己很喜欢的特意从街上买回来的蝈蝈，并不是死于喂食过量，而是命丧自己的外孙手中。

登时就哭到不行。

很多人都为没有体会到自己的亲人曾经也有风华绝代的时刻而沉痛难过，而我觉得更应察觉的是，我们其实都是他们的延续，他们便是我们的开始。掀开历史的画卷，滚滚红尘中只能当作背景板的他们，有着最普通的脸，做着最微不足道的事，却是现如今我们一切一切的初始篇章。

没有他们，我们也不复存在。

就算是为了自己

我接到过一个女乘客的求助,说她在地铁里被另外一个姑娘撞倒了,必须找到此人,要向那个姑娘索赔。

就称她为文文吧。

文文工作不错,模样标致又文弱,有着职场人特有的一丝不苟的气质。她跟我说事情是这样:今天她的车限行,只能挤地铁上班,因为着急赶路,她走得有点儿急,没想到在换乘通道里和对面一个同样匆匆而过的姑娘撞了满怀。

文文说那一下撞得太狠了,她直接坐了个屁股蹲儿,当然对方也摔了一跤。当时也没起啥冲突,俩人起身后还互道了抱歉,匆匆各走各路。但文文揉着屁股出了车站就感觉不舒服,到医院一查,虽然没骨折,但也是局部软组织挫伤,估计还得疼几天。

文文觉得特冤,平白无故挨了这么一下疼不说,还搭上了不少时间和精力,所以想让警察找到那个姑娘,索赔自己的医药费和误工费。

我想了想说:"我可以帮你试试,但公安机关处理的是违法行为,你们这种意外碰撞需要和对方协商解决,实在不行就去找法院诉讼。"

她说可以。

按照文文的描述,对方是个和自己年龄相仿的女子,穿着黑棉服和牛仔裤,头发也有点儿乱糟糟的。

"一看就不是个注意自己形象的人。"她带着点儿怨气地总结。

我没说啥,心想地铁里这样的人很多啊,生活节奏这么快,很多人在地铁里都是急行军,谁也难保多么从容体面。但怕刺激文文,我还是耐心帮她查找了录像,然而遗憾的是,当时换乘通道里的监控并不完备,没有拍到她们相撞的画面。

"那要怎么办呀?"她挺不甘。

我想了想说:"毕竟我没见过这姑娘的样貌,你要是实在想找她,可以在你碰见她的时间段去等着,找到了她来找我,我帮你们协调一下。毕竟她也没有违法,只能看看她愿不愿意赔偿你。"

"她要是见到我跑了怎么办?"

"你实在不放心,我可以陪你一块儿去,定个时间就行。"

"她要是不赔我或者不承认呢?"

"那你可以走诉讼程序。"

文文这会儿接了一个家里的电话,听上去好像是她母亲催促她回家,文文敷衍了几句挂掉,有点儿失望地看着我:"那得多麻烦呀?"

我说:"这没办法啊,如果你把她当场留住跟她好好说说这事,不就能省去很多麻烦吗?"

她挺不服："当时我不是着急赶路嘛。"

我说："是呀，大家都着急啊。"

她又仔细看了几段监控录像。这期间她家里又来了电话，好像是她母亲担心她，说要来派出所陪她。

看得出来她有点儿意气难平，反复把医生的诊断给我看。我又跟她聊了聊，事情陷入了怪圈：虽然她愿意继续查找此人，但一是怕耽误时间精力，二是觉得找到了也不见得能有赔偿，可如果不找了，她又觉得自己吃了个大亏。

一个钟头后她母亲来了。她母亲是个矮小的花袄妇人，说话很和蔼，提着一个塑料饭盒，依稀能看见里面有饺子。

她母亲朝我一笑，皱纹铺了满脸，跟我说："我姑娘的事我都知道了，小同志你辛苦了啊。"接着又小声道，"她有时候有点儿轴，你多担待。"

我也不能说啥，只告诉老太太现在事情僵在这里，文文特别纠结。

老太太笑而不语，也不催女儿，转身到楼道里欣赏起了我们的黑板报。

过会儿文文走出来，看见母亲又是满嘴抱怨，她母亲说："家里包了饺子，你别饿着，先吃了饭再说吧。"

文文推开饺子，先谢了谢我，然后跟我说："那我考虑一下，如果我决定找她，咱们还在那个地铁站见，到时候我给您打电话？"

我说："好。"

老太太也颔首称谢。

我送她们出门。外面一片星空，冷风扑脸，来到院里我发现文文开的是一辆还不错的小轿车。文文拉开车门让母亲先进去。

她母亲还紧紧抱着饺子,冲文文笑道:"我闺女有着好工作,开着大汽车,吃着她娘给她包的大饺子,不知道那个摔跤的姑娘是不是也这么幸福啊。"

文文愣了一下,明显放慢了上车的速度。她看了一眼后面的我,然后替母亲关上车门,开车走了。

后来我没有接到她的电话。

她母亲最后说的那句话至今让我记忆深刻。我们之所以感到委屈,是因为自己感受到的辛酸苦楚总是无比真切。但这世界上有很多遭遇都是相互的,双方皆有责任,如果我们把自己已知的痛苦当作对整件事的全部解读,对他人、对自己其实都是不公平的。

比如同样是摔了一个跟头,另一个女孩子也许正在家里孤独地按摩上药,你看不到,所以你心中对自己的过分关注顶替了这些很可能发生的未知景象,于是就给自己平添了一份烦恼。

对于自己的权益我们可以全力维护,但当真的难以理清谁对谁错孰是孰非的时候,转移转移注意力,也算是莫大的豁达和解脱了。

就算是为了自己。

带着兔子坐地铁的男孩

安检员跟我说有个小伙子非要带兔子上地铁。

小伙子连个笼子也没带,直接抱着兔子,从头到脚都透着反差萌。

但地铁规定,动物类除了导盲犬都是不能进站乘车的,以免给车厢里的孕妇或者其他敏感人群带来困扰。这小伙子当时特别不理解,跟安检员大吵一架之后,眼睛瞪得要喷火。

我一开始好心提醒他,有什么问题好好听工作人员讲解,别做出过激行为。但他明显有点儿气血上头,使劲盘问为什么不让他带兔子上车,兔子又不咬人,规定在哪里,等等。

我让安检员拿来规定,他又问:"规定谁定的?让他来,我要和他对质,你们地铁也太没有人性啦。"

争吵了半天无果,我的心情也被折腾坏了,去外面抽了根烟,琢磨这事要怎么解决。刚开始想的是这人不可理喻,摆事实讲道理都是徒劳,看样子只能冷处理,一旦他做出过激行为那就大可法办。

后来一想不太好，瞅他风风火火的样子，应该确实挺着急的，还是再聊聊吧。于是我冷静下来，回去把他拉到警务室里，特关怀地问他："你带着兔子这么着急，是要去干吗啊？"

我猜他八成是去找女朋友，要是这么说，我可以跟他女朋友通个电话，让她劝劝他，起码缓解一下他的情绪。

如果她不乐意，话我都想好怎么讲了："你不心疼你男朋友，也得心疼你家兔子啊，地铁那么多人，兔子不被挤傻也会被热晕啊！"

没想到他说："我带兔子去换药。"

我说："它怎么了？"

他把兔子的脖子翻过来，我发现兔子的脖子上有个大洞，里面塞满了棉纱布。看得我脖子都一阵酸疼。

然后我才知道，他刚来北京没多久，给手机游戏敲代码，一个人住，于是买了只兔子做伴。但第一次养兔子他也不太懂，在兔笼上绑了个又硬又大的磨牙石。没想到兔子磨牙上了瘾，有一颗类似于后槽牙的牙顶到了脖子里，变成了囊肿，害得它又是流眼泪又是食欲不振。他只能带着它去医院把囊肿做掉了。

我说："你还真是疼它啊。"

他嘴一噘，上面的小胡子好久没刮，气哼哼地朝着天："可不是，花了好几千呢。"

但后面的问题更严重了，兔子的愈合能力差，他必须每天带着兔子去动物医院换药，少一天伤口都有感染的风险。那家动物医院在他公司附近，他不可能总像做手术那次一样打车去，于是今天想着坐地铁带它去换药。

我问他："得坐多少站？"

他说："十站，中间还有一次换乘。"

我说:"大哥,你没事吧?换个药能有多难?附近又不是没有动物医院!"

小伙子说:"哪儿有啊?"我告诉他某个底商那里就有,我记得我路过那里时有姑娘给我发过传单。

小伙子挠挠头,皱着眉说:"说实话,我对住处附近还没有对公司附近熟。晚上就没有九点之前下过班,根本没时间熟悉家周围的环境呀。"

但看得出来他心挺细,还在顾虑医院正不正规、有没有青霉素之类的问题。我说:"你先去看看,万一可以,那不是万事大吉吗?就算那里你觉得不行,方圆几公里肯定也有靠谱的动物医院,你何必大老远穿城去那家做手术的医院呢?你不嫌折腾,兔子还受不了呢。"

看得出来他也觉得乘坐地铁无望,见我说得也有道理,便采纳了我的建议,带着兔子离开了。

临走还说了声谢谢。

我有点儿感慨,我自认为是一个共情能力挺强的人,但我们这种人也有个弱点,就是对负面情绪的接收度也高,很容易被对方点火就着。所以解决问题时千万不能强调气势,要尽量拿出解决方案,哪怕对方不接受,起码也能带动他转换思路,无形间也能慢慢消解他的情绪。

而且你记住,只要你固守原则,让对方感受到自己的要求真的无法被满足时,他就会下意识地给自己寻找一个抽身的台阶。这个时候你从容合理地把台阶摆出来,他大概率是会下的。

毕竟纯粹无理取闹的人还是少数,大家还都是奔着解决问题去的。哪怕最后解决不了,也要尽量维护自己的体面。这是人之常情。

至于我怎么判断小伙子不是无理取闹,我当时就想,一个能这么煞费苦心医治自己的小宠物的人,内心应该还是很温良的吧。

最后友情提示,不要总给兔子吃磨牙棒!

浪漫的定义

我小时候在报纸上看过这样一个故事,因为年代比较久远找不到出处了,就讲下大意:

有个年轻男人和妻子吵架、分居,感觉爱情已死,婚姻走到了尽头。

有天傍晚他考虑着怎么离婚的事,走在路上,看到住在附近的一个疯女人发了病,满街乱跑,疯女人的老公在寒风中没命地追赶她。那女人边跑边叫,衣不蔽体;那男人一手抓着棉衣,一手拽着她,把棉衣往她身上披。疯女人意识混沌,一边打她丈夫一边还是乱跑,路人们都夺路而逃,她丈夫则死死拽着她,没有言语没有呼喊,一刻不敢松手。

这个年轻男人驻足良久,泪流满面地给妻子发了一条短信,意思大概是:若论幸福,再不济我们也要好过这对可怜的夫妻。他们甚至没有机会去争吵和冷战。放眼望去,这个婚姻里只有一个在寒风中发疯的妻子和一个不肯放手的丈夫。若要在世间寻找最大的浪漫,想必莫过于此。他们那样艰难的处境都有如此强大的爱来支撑,我们为什么就跨不过这道坎?

他妻子读到这条短信,连夜披上衣服从娘家跑回来冲到他怀里,两人抱头痛哭。

当时我对这个故事很不屑,我觉得它矫情得脱离实际。一个疯女人和一个倒霉丈夫,那也叫爱?别埋汰爱了,那只能叫无奈!

后来我长大了,在基层当了警察,见识过许多彼此凑合着的夫妻,出于对婚姻的好奇和畏惧,我也留意观察了他们。其中有一对夫妻让我印象非常深,丈夫人称老彭,是我们地铁站存车处的管理员,我们经常揶揄他为"处长"。他老婆是地铁小卖店的店主,因为模样凌厉,被人取了个外号叫"金花婆婆"。

两人经常吵架,吵得地动山摇的那种。有时候老彭会偷偷跟人抱怨,说时机一到他就离家出走,再也不受那个女人的窝囊气。金花婆婆也总是苦大仇深,说老彭没责任心,酒瘾还大,自己嫁了他真是倒了八辈子的霉。

当时听得我都恐婚了。我甚至觉得上天对所谓的爱情,也存在着大型双标。那些模样姣好的、家境优渥的、生在繁荣富贵乡的,才有着浪漫爱情的入场券。而那些劳动在底层、成天满脸灰尘的人,似乎只能为了生活和自己的另一半隐忍将就。

后来有一天老彭喝醉了酒,在地铁广场上磕破了嘴,满口流血地来我们派出所门口的水龙头冲洗。他满脸滴水地嘱咐我,千万不要告诉金花婆婆,我还打趣他,是不是怕被老婆骂。他却眉头一拧,说:"我是怕她着急上火,回头心脏又疼,手也跟着打摆子。"

我说:"那你还老跟她吵吵。"

"那种吵吵没事,又不动脾气。"

然后我忽然意识到一个问题。我想起老彭和金花婆婆好像确实虽然一直在吵，却一直也没有真正分开过。他们家的小卖店总是清早开门，下午上货，太阳光最大的时候，老彭准会蹬着电动三轮在站外候着，随后我就会看到金花婆婆慢吞吞地从店铺的小门里踱出来，像个规行矩步的小童工，脸上挂着那种习惯性的不情愿，又动作熟练地抬腿上车。

这个时候，老彭总会伸出一只手接应她，两人一起努劲儿，把金花婆婆有些胖硕的身躯快速又安全地转移到车上。随后老彭一骑绝尘，载着身后的女人消失在车流滚滚的马路上。

金花婆婆基本不用做什么，上货卸货都是老彭和伙计来干。两人除了互相拌拌嘴，剩下的就是各行其是，但谁也不会离谁太远。有一次老彭和顾客吵架，闹到了派出所里，金花婆婆就一直在派出所门口等到凌晨，谁劝都不回去。之后事情解决，老彭还没出门呢，金花婆婆却要先行一步。我问她："怎么人马上要出来了你走了？"

她说："他自己又不是不会走！"

瞅瞅，就是这么刚。

这对老夫妻平日里对彼此的决绝，好像只存在于对方不在的场合。

所以当老彭说出那句话时，我很快就从吃惊变成了顿悟。原来有的婚姻看起来总是不那么和谐，实际上里面只是夹杂着各自不为人知的傲骨。只是这傲骨听起来有点儿拧巴：一方面他们并不掩盖自己性格里的锋芒，另一方面他们又使劲掩饰自己对对方的关怀。

难得的是，双方都懂，所以才能走到现在。

所以其实浪漫不浪漫的，真的不用去抠字眼、设情景，也不要用年龄、物质来衡量。如果非要用它来给爱情下定义，那我也宁愿换一种说法——

相濡以沫。

成年人的崩溃

我一直以为,成年人最大的崩溃是梦想得不到实现,后来一件事改变了我的看法。

有一次我出警碰到了两个男乘客因为琐事在站厅里发生了争执,双方并没有动手,但是其中一个男乘客因此情绪失控,涨着猪肝脸大声咆哮,现场乱成一锅粥。

我把双方拉到警务室解决。这种纠纷成因并不复杂,导火索无非就是拥挤中谁碰了谁一下,吵个架而已,一般等他们冷静下来说和说和就能够平息。但那个咆哮的男乘客仿佛受了很大刺激,坐在屋里双手还抑制不住地颤抖。我见他还挺年轻的,便问他身体是不是有恙,需不需要就医,被一一否决。

他说他就是被气的,对方太可恨了,没素质还嘴硬,等等。

我一瞅,气性这么大,先哄哄吧,总不能把自己也搁进去。于是就跟他闲聊了一些别的话题,比如坐地铁去干啥呀,天这么冷穿得少不少呀,是做啥行业的呀,吧啦吧啦,眼里都是大写的关心。

还好,不多久他就冷静多了。从对话中我也知道了他常年在北京打拼,在互联网大厂上班,也算是事业有成。我打量着他,虽然并无大牌傍身,但衣着也算体面光鲜,衬得小伙挺精神。

我不无恭维地说道:"你挺牛啊,混到你这个职位,一个月两三万不成问题吧?"

这时他说了一句令我记忆犹新的话:"啊,我一天就能挣两千多。"

我的心灵瞬间被暴击了一下,恍惚中竟然生出一丝荒唐,一个收入是我好几倍的人竟然被我循循善诱地安抚情绪,真像是人生的大型错位。

但没办法,工作还要继续,在了解了他和对方鸡毛蒜皮的小争执后,我不禁感叹:"就因为这点儿小事啊,我以为你发那么大火是出了什么乱子了呢。"

他也意识到自己失态了,低头哼了一声:"咳,确实,当时没搂住。"

"你以前也这样吗?"

"以前还好吧。"

"平时在别的场合呢?比如公司里?"

"那也没有。"

随后我们慢慢触及了一个有些深奥的话题,就是明明他这么一个挺不错的人,竟然会因为一点小事在地铁里情绪失控。老实讲,我是有些不能理解,但经验告诉我单纯地表达不解并不利于解决问题,何况我也真的很好奇一个物质生活和个人成就并不差的成年人,怎么会那么容易就到了崩溃的边缘。

深思过后，他给了我一个很通俗也很万能的答案："可能是压力大吧。"

然后几乎必然地，他也意识到自己的一个重大变化，就是取得今天这些成绩之前，自己好像并没有这么大脾气，那时候哪怕是在拥挤的车厢里被人狠狠踩了一下脚，也不会过分在意。

我问："那时候工作没压力？"

他摇头："也不是。"

他可能也觉得自己说得越来越拧巴，最后跟我解释：那会儿可能就知道努力，一心扑在奋斗上，但现在很多想实现的东西都实现了，又觉得没什么意思，感觉也就那样，于是对于压力也就越来越烦躁。

我好像明白了什么。

人最怕的不是得不到，而是一旦得到，反而忘记了自己曾经的那份迫切需求。在很多人看来，梦想的价值只存在于追求的过程中，一旦达成后则丧失了大部分意义。除非某一天再次失去，否则拿在手上也如若无物。

真是应了那句话，得不到的才是最好的。

所以我觉得很多成年人的崩溃是缘于人性里的矛盾。当我们一无所有时，我们会迫切地建立愿望，但当我们历尽千辛万苦终于实现愿望时，又得不到充分的满足，甚至会有一种错付的感觉。然而这个时候，想要推倒一切重来，已是不可能了。

也许想要更幸福一点的话，就要在我们给自己清晰定位的同时，也要像平时我们赞美别人一样，多多给自己一些肯定。毕竟路是自己选的，哪怕不能回头，风景也要尽收眼底。相比起那些拿给外界看的耀眼光辉，从容淡定地走路、坐车、吃饭、生活，才能收获人生最大的安全感。

越长大越想家

我和一个事主聊过关于想家的话题。

事主是个姑娘,脸蛋和五官都圆圆的,尤其是眼睛,像是沙滩上小心摆好的两颗鹅卵石,特别可爱。

一开始,她跟我抱怨她的母亲。她说她妈是一个行事简单粗暴的妇女,从小给她的印象无外乎两点:第一,做饭难吃;第二,爱威胁她。做饭难吃表现在做什么都清汤寡水,打着健康的幌子不多放一点点作料,导致她小时候的味蕾就像是一个没见过世面的孩子,但凡吃到家里饭之外的东西都能开心到爆。她记得小学时尝过一口同桌带的糖醋排骨,那股子沁骨的酸甜,像是盖戳一样让她记了一整个夏天。

至于威胁,就是她妈总是在不满时对她实施各种惩罚。比如作业没有按时完成,就警告她晚上不许吃饭;考试没有达到预期,就恐吓她今年没有生日礼物;家长会上得不到老师肯定的评价,就吓唬她这一个月都不许喝巧克力奶。

她印象最深的一次,是当时老师教他们认方向,识别东南西北。她从小是路痴,怎么也认不对,她妈就把她关进院子,一遍一遍地指着各个方向让她回答。她越着急就越答错,越答错就越要面临新的指责。

她妈说:"今天你要学不会,晚上就别吃饭!"

那天她们母女两人纠缠到傍晚,她终于勉强落实了方向感。虽然后来她还是吃了晚饭,但整个人感觉就像是虚脱一般,拿汤勺的手都在发抖。

她对我说:"你看,我妈就是这么一个人,虽然每回的威胁都不一定成真,但她还总是利用我的胆小怕事吓唬我,搞得我总是战战兢兢。"

的确,尽管迟迟完成作业之后还是吃了晚饭;尽管在考试没有考好的情况下还是得到了一份不那么高级的生日礼物;尽管没有得到老师表扬,自己在大哭一场之后还是喝到了巧克力奶,但那种感觉就是让她非常不爽。

好像自己本应有的所有待遇都是乞求来的,挫败且没有尊严。

大学毕业之后,带着逃离原生家庭的念头,她留在了北京工作。

生活的自由与经济的独立曾让她一度忘记童年的阴影,同时她也拼尽全力地投入了工作中去。她觉得只要自己在北京站稳脚跟,就能够长长久久地脱离原生家庭。那对她来说就是一种解脱。

直到有一天她工作上出了一点点小纰漏。她是做财务的,小组长只比她大两岁,也是北漂,平时和她相处得很好,两人经常一起加班,互相取暖。但那天小组长发现报表出了问题之后,一本正经地对她说需要她自己加班搞定,不管加班到多晚,明天都必须完成,否则领导就要追责。

之后小组长就真的走了，办公室里只有她一个人留下。

她自己在办公室里重新核算、统计、纠错，随着时间的推移，她总是感觉办公室的门会重新被推开，然后小组长拎着一袋子零食进来，一边抱怨着她给自己找麻烦，一边打开她身边的电脑陪她一起熬夜。毕竟这也不是她一个人的责任，而且工作量太大了，是个人都知道只推给她的话，多少有些残忍。

但是直到凌晨，小组长也没有回来。

她委屈极了，看着那扇紧紧关着的办公室大门，发现了一个特别无奈的现实。在这里，没有人在对她大发脾气后，又骂骂咧咧地陪着她一起攻克难关；没有人在放了一通狠话之后，又睁一只眼闭一只眼地放过了那些惩罚；没有人会意识到，哪怕真的把她狠骂一通过后，也起码让她把肚子填饱。

在这里，威胁和吓唬都是真的。

说完之后，我俩相顾无言，好久都没说一句话。

后来有一次我加班到深夜，去便利店买了一份关东煮吃。里面有一块水煮萝卜，吃起来似乎毫无味道，却又好像那么厚重香甜。我就想起了那个姑娘说给我的话，一点儿不夸张地说，我当时吃着吃着眼圈都红了。

为什么越长大越想家，其实道理很简单，因为越长大我们就越会发现除了家里人，没有人会真正惯着我们。哪怕那些"惯着"在曾经的我们看来，是那样晦涩和装腔作势，但那却是一种在外面的世界中根本无法想象的无条件的立场，也是同为家人的他们，对自己最亲近的人定向抒发的爱的表达。

别生虚无的气

最近我越发地察觉到一种有意思的心理现象,就是当一个人愤怒时,会很火上浇油地把自己代入一个虚拟的、受侵害等级更高的境地。

听起来不太像人话,我举个例子吧。比如我处理过一起两个女乘客之间的纠纷,当时列车马上就要关门,女乘客 A 非常匆忙地跳进车厢,因为过于匆忙,不慎碰到了车门旁的女乘客 B。A 马上给 B 道歉,但 B 并没有立即接受,说话有些难听,两人发生了争执,我出面解决。

搞清经过后,我说:"受伤了吗?"

"没有。"

"动手了吗?"

"没有。"

"有财产损失吗?"

"也没有。"

"那让对方再给你道个歉,看看你们能不能和解?"

B反问:"这是小事吗?如果她是个男的怎么办?如果她撞的是一个孕妇怎么办?还好今天我没带着孩子,要是带了,她撞到小孩怎么办?"

我说咱们得根据事实说话。但她听不进去,一直跟我探讨对方的行为潜在的社会危害(也是有可能对她造成的更恶劣的侵害)。其实对于她的心情我是理解的,她的一些观点我也能够认同,但是在这个过程中她越说越气,手都抖起来了。

她似乎有些混淆了目前需要解决的实际问题和她联想中那些更大更不确定的危机。于是摆在眼前的是,一方面自己被气得够呛,当然也被吓得够呛,另一方面事情无法解决。

这便是我想说的心理现象,就是一些人在面对问题时,并不在解决问题的框架内思考问题,反而会顺着事发时烦恼的惯性,去做一些更严重的假设影响自己的情绪。

"幸亏我……否则就……"

"要不是……那我就……"

"万一要是……那不就……"

净是这样的。我又能怎么说呢?法律没有规定人们不能产生不好的联想,我只能看着他们义愤填膺地表达愤懑,然后放低姿态说一些劝和的话。

我曾无意间听到这样一个小故事:说是有个人买了一只紫砂壶,天天放床头,一天夜里他拿壶要喝水时,不小心把壶盖打翻在地,他很恼怒,觉得壶盖摔碎了要壶也没用了,就反手把壶扔到了窗外。没想到第二天,他发现壶盖只是掉到了他的棉鞋上,并没有摔碎,于是他更加生气，这一次彻底把壶盖摔碎。随后他出门办事，路过自己的窗口时，却发现昨晚他扔出去的壶完好无损地挂在树上……

我觉得这个故事可以起名叫"薛定谔的茶壶"。人们在烦躁的时候会更受制于情绪本身，在糟糕局面未必落实的时候，便代入客观已经发生的视角，于是更加愤怒，继而做出错误的决定。

想到这里，我觉得我之前的做法也有问题。也许我的职责并不是简简单单地安抚事主情绪，而是应该让她看到那个很可能并没摔碎的壶盖。

比如我应该告诉事主，如果是个异性跑进车门，也许你会下意识进行闪躲，对方也可能如此；如果你是孕妇，当时也许已经坐在了座位上；如果带着孩子，那你八成不会选择站在人多拥挤的车门处……

最差的情况既然没有发生，就不要着急放眼后果，而应该想它为什么没有发生，或者即使它具备发生的前提，那还会有什么主观、客观的因素令它很可能只是一个小概率事件。

我只是不想让你生一些很虚无的气。当然，如果你执意要为一个并没有发生的而且小概率发生的事生气，你就应该想想到底是哪里出了问题。

一捧救命药

我工作中唯一一次被人薅住脖领子,不是因为卷入了什么冲突,而是因为一捧药。

当时是处理一起纠纷,事不大,把双方往所里带的时候,其中一个人说:"我可有心脏病!"最开始我还没太当回事,毕竟经常有人这样虚张声势。没想到进了调解室不一会儿那人就犯了病,他躺在地上蜷成一团浑身发抖。我那时候刚工作没多久,哪儿见过这阵势,着急忙慌地在患者身上摸了一遍,没有发现药,赶紧拨了120,又想起单位给我们发过急救包,跑回宿舍一找,发现里面有速效救心丸,就是那种拇指大小、葫芦形状的小瓷药瓶。

我也不知道这药能不能对症,但接下来的一幕给了我简单粗暴的答案。当我攥着速效救心丸跑到调解室时,躺在地上的人看到那造型鲜明的药瓶,突然发出一声怪叫,双手也不由自主地抓弄起来。我半跪着准备给他喂药,他一把薅住我的脖领子,像怕我凭空消失一般。

我俩几乎脸贴着脸,我能感觉到扑面而来的急喘气息。

他另一只手抢过我手中的药瓶,不管三七二十一就往嘴里倒药。速效救心丸是小粒的,好些都被他倒进了脖领子里。

好在喂药及时,不久救护车就赶到了,人无大碍。

但那种近乎发狂的求生欲,真的是让人恐惧、震撼、记忆犹新。自此,我经常检查自己的药箱,一定要保证里面有充足的常备药。

后来偶然间看到一个采访,被采访者是曾经的超模王飞,他上过米兰时装周,也拿过很多大奖,一时间炙手可热。随着年龄的增长,他陷入事业瓶颈期,接受不了落差,有了抑郁倾向,消沉了很久。这时他经历了一场车祸,九死一生,苏醒后躺在病床上竟然豁然开朗。

"还活着,哇,特别好。当时在那一刻,所有的问题我都不会再想了。"

然后我就想到了之前我遇到的那个犯心脏病的事主。其实不光是他,工作中我也遇到过很多差点儿命悬一线的人。有从楼梯上摔下来头破血流的,有打架斗殴送到医院抢救的。给他们或者他们的家属做笔录闲聊时,都不约而同说的一句话就是:人没事就好,其他都好说。

生活中我们总有这样那样的烦恼,我们总会把注意力完全集中到怎么解决问题,或者质疑问题的起因上。过多的精力投入会让我们只看到了面临的困难和失去的东西,完完全全忽视了我们还拿在手里的根本。比如健康,比如生命。直到连这些基本的大前提也受到了威胁时,我们才会陡然发现,原来跟命比起来,生活的鸡零狗碎,那也真的只是鸡零狗碎而已。

网易云音乐上"Can't Complain"的底下有一条热评,两万多人点赞,不知道有没有根据,但是我觉得表达的意思还是挺能启发人的。

"心理医生说百分之九十跳楼的人,双臂都是断的。因为落地的那一刻,(他们会)用双手撑住地面或者抱住头,那是求生欲。"

驱赶孤独的假动作

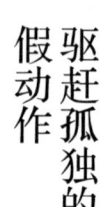

有一次深夜我们接到地铁站求助，说一个老奶奶试图不刷卡强行进闸机，被工作人员拦住了。

不论站务员怎么询问，她就是一言不发。

我们到达现场后，看到这个奶奶穿着蓝色碎花衣服，戴着围脖和大口罩，两眼闪烁着一种难以名状的无辜。但无论我们问她任何问题，她始终牙关紧闭，那架势，跟地下同志保守任务秘密似的无比坚定。

"您家在哪儿？送您回去好不好？"

"有家人联系方式吗？"

"身体有疾病吗？"

好不容易查到她的身份，却发现只有她老家户籍地址，尝试联络那里的户籍机关，对方给的信息量也很有限，而且完全不知道她在北京的暂住地，更不知道她在这里有什么亲朋好友。

老奶奶如此这般一直不说话,也不去警务室。我们不敢生拉硬拽,只能先找来一把椅子,让她坐在站厅里。于是场景变得有点儿奇特,乘客们都看着我们这一大帮人,像伺候老佛爷一样围站在老奶奶身前身后,翘首期盼,等待她发号施令。

现在面临的问题是:地铁马上收车了,总不能就让老奶奶在这里坐一晚上——哪怕能让她在这里待到明天,还能让她在地铁里待一辈子?

她一定有什么问题,或者秘密。

随后我们怀疑她是不是精神有问题,这也是我们最不愿看到的情况。但我们也没有更好的办法,只能在末班车之前,最后一次询问她是否愿意跟着我们一起去医院做个精神疾病诊断,然后再找合适的去处。

不料,这回老奶奶眼皮一耷拉,说话了:"我就是出门忘带钱了,没法买票。"

我们欣喜若狂:"您住哪儿?"

"……"

她不愿意说我们也不再问,赶紧在最后一班车之前,让站务员取来一张车票,问老奶奶能不能自己回家。

老奶奶接过车票,腾地从椅子上站起来,然后行云流水一般刷卡进站,留给我们一个快如PPT(演示文稿)般的背影。

"这人啥情况啊?怎么早不说没带钱,耗了这么久,耽误多少事啊。"有人抱怨。

"可能精神还是有点儿问题。"有人推测。

我忽然想起,我一个同学曾给我讲过一件事,他有一天晚上值班,开着警车在辖区里转悠时,发现路边有个闲逛的老人。老人步态歪斜，一看就是喝了。同学怕大晚上出乱子，于是上前盘问。老人不太配合，干脆坐在马路牙子上，一会儿说自己牙疼，一会儿说自己头晕，哼哼唧唧，反复无常。

去医院不？不去。

家人联系方式有没有？没有。

身份证件？没带。

所里去不去？不去。

同学无奈，怕老人出事只能跟他在路边耗着。半晌过去，老人拖着身子站起来说："走啦，困了。"一问才知道，他就住在身后那栋楼。原来是自己一个人晚上心烦喝了点儿闷酒，下楼溜达，见我同学过来搭腔，就有点儿老小孩地装起傻来。

说白了，就是舍不得让他走。

想到这里，我才有点儿明白了，再回忆起刚刚那老奶奶眼睛里闪着的神色，那哪里是什么无辜，根本不是，更像是一种略带惶恐的渴望。渴望被注意，渴望被围绕，渴望坐在人来人往中，听到几句以自己为中心的关怀。看上去他们是无意识的，实际上那只是为了驱赶孤独做出的假动作。他们比任何人都要清醒，知道当岁月大量逝去后，留给自己最为宝贵的东西，便是那些关于自己的人间琐碎。

生活就像一盒糖果，吃到最后，连糖纸都会变成最为斑斓的藏品。

青春滤镜

越来越觉得，趁年轻就应该放手大胆地去做喜欢做的事，只要别把年少轻狂当个性就行。

我之前办理一起行政案件时遇到一个男人，发现他有坐过二十多年牢的经历，用他自己的话说，妥妥的"黑道风云二十年"。

当然这里面也可能有他夸张的"挽尊"成分。他当时刚出狱不久，结了婚，只不过还没找到营生，正在吃低保。他跟我说，自己二十多岁时年轻气盛，跟着一帮朋友瞎混，四九城里拉帮结派，为了一些琐事和利益打架斗殴，后来酿成大错，被投入监狱。

狱里一待，就是二十多年。

我看了看人口信息卡上他以前的照片，贼帅，想必当年也是风度翩翩。但他的青春也几乎就在那时戛然而止，等到出狱回归社会时，自己已是不惑之年。

话匣子打开之前，他显得格外低调顺从。时近中午，我为了提神抽了根烟,他忽然问我:"你抽烟啊?"

我说:"抽啊。"

他说:"我之前没见你抽啊。"

我说:"我抽得不勤。"

"那你还不如戒了呢。"

我们就开始聊了起来。

他一开始问我,《血色浪漫》看过吗?我说没怎么看过,他说他们那时就那样,那个拍得挺真实的。他那时没工作,四周围着一帮哥们儿,虽然日子过得不稳定,但出奇地意气风发。他们骑着二八车吃喝、打架、抢地盘,有兄弟进去了,外面的兄弟就帮着照顾那个兄弟的家人。那时候他早上一睁眼就会很兴奋,想的都是"上哪儿喝去"和"找谁磕去"。一大帮兄弟聚在一起探讨东征西伐时,总有种开联合国大会的成就感。

其实我不怎么爱听这些,但看着他布满鱼尾纹的眼睛闪闪发亮,我又不忍打断他。仔细想想也是,二十年前的他们,和我现在年龄相当。这二十年日新月异,他出狱归来,简直就和穿越到未来一般神奇。

他甚至感叹,他们那时候的警察,查个杀人案真是得想破了头,现在不一样了,哪儿哪儿都是监控,谁也跑不了!

显然他的精神头还停留在当年,一旦提起往事,他总是滔滔不绝、黑话连篇,仿佛是积累了小一万天的心事,无意间碰到一个缺口,开始疯狂地输出。

一开始我还觉得挺有意思,但后来也烦了,心说:好汉不提当年勇,何况你这也不是勇,要不是你所谓的这些青春热血,也不至于落到如今这般田地。

直到他最后微微叹气，总结性地说："唉，其实现在想想也挺没意思的，有什么用呢？现在还不是灰头土脸地吃低保。"

原来他心里都明白，但如果不谈当年，又怎么铺垫自己如今的落魄境地呢。

"谢谢你听我说那么多。"

这句话还是击中了我。一个被禁锢在狱中多年的人，没有社交，没有通信设备，哪怕环境里不是孤身一人，想必也会寂寞难眠。而且这寂寞已经成了他人生的常态。你或许能想象出，监狱里头一两年的他，还是最初那副无所畏惧的模样，然而随着时间流逝，他也会在局促封闭的空间内陷入如智者一般的思考：值得吗？

青春真是一层厚厚的滤镜，替我们美化了太多品性里的问题。等到岁月流逝过后，滤镜不在，无畏便暴露成了无知，洒脱便褪色成了妄为，热血便突兀成了暴躁。一把年纪的我们，再也无法用年轻当作自己率性而为的遮羞布。

青春不会为任何事情买单，它只是你账单上的一串日期编码而已。

男人走后，我的脑中总是出现这么一幅景象：黑乎乎的号房里，一个二十出头的面目俊秀的青年，呆呆地望着窗外洒满阳光的树。漫长的时间化为了半生的心事，但愿这些心事能够让他彻底悟透什么叫冷暖自知，然后在没有青春的日子里，合法而平和地弥补自己曾经丧失的一切。

一 坐在地铁口的男人

去年我们处理过一位在地铁里行政违法的大姐。我问她要家属的联系方式,因为按照法律规定,我得把传唤她的案由和处所通知她的家属。然后我发现她留的家属联系方式是她已成年的女儿的。

过不多时,我们单位的值班室就接到了一个男人的电话,男人说自己是那位被我们调查的大姐的前夫,想去我们办案区看看大姐,给她送点儿吃喝。我让值班员转告他,大姐在我们这儿挺好的,该吃吃该喝喝。

案子办到一半,我需要回派出所拿东西(我们的办案区不在所里),于是开着车回到单位。随后我发现我们单位门口蹲着个黑黑瘦瘦的男人,见我开车过来,那男人立即站了起来,并走过来问下车的我:"您就是马警官吧?我是××的前夫。"

"××"就是那位大姐,他还是过来了。当时我心里还想,这前夫哥对大姐还蛮负责的啊。

我问他：有什么事吗？他问我大姐那边怎么样，这件事会怎么处理，等等。

我据实以告："有可能会拘留。"

他登时有点儿慌了，一时不知道说什么。

在我抬脚要走时，他又问我："那个，她身体不太好，也得拘留？就不能通融通融？我保证没下次了！"

我说："如果身体条件不适宜拘留，拘留所在给她体检后会不予收押的，到时候我们会把人拉回来。"

他仿佛有了一丝希望，笑着说："行！那我就在这儿等着你们回来！"

我觉得他可能理解得有点儿问题："不是说一定不收押啊，得看她的身体情况不好到什么程度。"

"嗯，我知道，"他抬手看表，"现在都晚上八点多了，你们回来就更晚了，我怕到时候没车了，她回不去家。"

我一想，还是跟他把最差的情况说清楚吧，免得让他空欢喜也白忙活一场："您还是别在这儿等着了，不收押的标准很严格的，血压、血糖都有明确的指标，而且拘留所也会提供药品，所以除非是特别严重的情况，一般是不会不收押的。"

他眼神又黯淡了下去，还是有些不甘心地说："那也不是完全没可能吧……"

"真要是不收押，我把她送回家去，您看可以吧？别在这儿等着了。"

说完我就走进单位了。

不多时，我走出单位大门，发现那男人虽然离开了我们单位门口，但又坐到地铁站外隔离机动车道的大石球上去了。那石球光滑

053

圆润，男人坐在上面似乎并不稳当，但他还是浑身有些紧绷地尽力保持着平衡，一只手在脸上使劲蹭着什么。

他在哭。

我有点儿心酸，想过去劝两句，却又觉得现在说什么都显得那么事务性，反而会给他添堵。于是我就偷偷地开车走了。

在送大姐去拘留所的路上，我跟她说了她前夫一直在单位门口等她的事情。大姐摇头叹气，说让他赶紧回家吧。

我说："他还挺关心您的。"

大姐却轻描淡写地说现在他们还在一起生活呢。我诧异地问，那当初为什么要分开啊？

"他有病，尿毒症。当年查出这病，我爸我妈就让我必须离婚。后来婚是离了，我跑来北京打工，他也就跟过来了。我找不着别人，他也是，再加上还有闺女，我们就还一直在一起。"大姐平铺直叙地说着，用最少的话概括出了自己的半辈子。

"哦……"一直在事主或者嫌疑人面前非常话痨的我，此刻却不知该说什么。

同事说："这病总得透析，挺麻烦的。"

聊到深处，大姐告诉我们，前夫虽然现在看起来面黄肌瘦的，其实年轻时也挺精神的。二十年前他们在县里的青年活动中心相了亲，当时大姐就觉得他长得特别像当时最火的郭富城。

没想到造化弄人，结婚没几年男人就查出了病。大姐父母怕她搭进去一辈子，以死相逼让她离了婚。过了几年两个老人不大管事了，她就借口打工挣钱，离开了老家。两口子就这样在异地他乡又重新过在了一起。

我边开车边听，窗外北京南城雾茫茫的夜色令车内大姐的故事有了凄美的背景色，配合着一闪而过的车流和星光，让我们陪着她一齐恍如隔世。

大姐却没有什么悲伤的情绪，她给我们的印象更像是一个历尽沧桑看尽炎凉的老者，开心和伤感对她来说，都被岁月磨砺成了统一的安详。她不怨天尤人，就如同她平静地接受处罚一样，对待生活有着过分的平静。坦然面对，可能是她操劳大半辈子，洗尽铅华后的最大收获。

但我却明白了那个男人当时为什么会在地铁口哭。可能他觉得，这么多年是他拖累了大姐。人一旦清醒地认识了自己和世界，可能就会面临空前的挫败感。这时候你在大街上看着众生，就会特别委屈。

苦吗？说苦也苦，说不苦，也都是自己的选择，想必苦中也会有甜吧。

只不过从此我落下了阴影：每次经过那些地铁站外的大石球时，我眼中就会浮现出一个像孩子一样跨坐在上面、抹着眼泪的中年男人的背影。

拾金则昧之后

我不知道大家生活中有没有遇到过捡到东西不主动归还的人。

前两天我同事处理了这样一件事，他在执勤时碰到一位男乘客求助，称自己的手机在进站时不慎遗失，拜托民警帮忙查找。幸好地铁里有监控，同事排查之后，发现其不慎掉落的手机被另一位乘客捡走。同事记住了那个捡手机的人的体貌特征，好在现在坐地铁的人不多，他于次日上午巡逻时又见到了此人，便上前询问此事，那位乘客承认自己捡到了手机，经过协调，把手机还给了失主。

这种警情我也碰到过。当时是一位女事主报警，经历和上述男乘客如出一辙，我也是循着监控录像找到了捡手机的人，然后在同一时间段和位置等到第二天上午，把那人堵在了地铁口。

我们领导遇到的更奇葩，一小伙子在地铁车厢遗失了一台苹果电脑和几只准备给亲戚的烤鸭，调取监控后发现捡拾者行踪飘忽不定，领导就带着同事在地铁站里蹲了一个礼拜，终于在夜里找到了此人，问他："电脑呢？"

"放家了。"

"鸭子呢？"

"吃掉了。"

"嘿，您倒是什么都敢吃！"

所以这种事不是孤例，我们单位以前还解决过捡金镯子、捡行李的事，我和我们分局其他同事聊天，他们多多少少也都处理过这种事。很多人觉得这是那些捡拾者法律意识淡薄造成的，但我总结了一下经验，发现其实这些人往往也具备一些法律常识，只不过是在逆向套用罢了。就拿我举例的这三件事来说，捡拾者们虽然没有主动归还或者到相关部门上交失物，但也没有第一时间把失物处理掉变现，而是先观望，再采取下一步行动。如果警察找上门来，交出来就可以，不会落得一项拒不归还的罪名。

我查了一下法条，《中华人民共和国刑法》中关于"侵占罪"的阐述强调"拒不交出"。所以一言以蔽之，他们还是想钻法律的空子。

真的挺没意思的。

想到我之前处理的那件丢手机的事，事主告诉我，其实她那部手机并不值钱，只是一部备用机，甚至连电话卡都没插，平时只是连主机的热点使用，但里面都是工作资料和自己往日珍存的旧照片。丢电脑的那个小伙子，电脑是单位配发的，平时给他写代码用，如果找不回来，甚至可能工作都不保。所以对捡拾者来讲，失物可能只是一串变现得来的金额数字，但对失主来说，这些物品的意义和损失却难以估量。

当代价在不同的立场和境遇中悬殊时，我们就应该深思，一己之欲是不是真的能达到我们想要的那种纯粹的利己效果。哪怕失主可能一辈子都不会出现在我们的生活里，但他因此遭受的困境会不会因为这段双方的共同经历，以一种潜移默化的方式，和我们形成苦难的共振呢？

失物第一时间在你眼里只是财富和机遇，而当吃过了这件事的红利后，它的意义也会从具象变得抽象，像无形虚幻又耸动的暗影一样，无处不在地投射到你的生活里——因为它是你亲手做的。而你，也是一个有着生活重担、有着千金敝帚、有着美好憧憬的普通人，所以你一定会后悔的。

只不过那时你不想承认，也没机会承认罢了。

地铁口的卷饼大姐

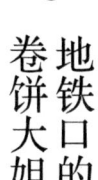

饿这种感觉，是蛰伏在身底的小动作，时不时地戳一下你的胃部，提醒你，人的欲望也可以如此简单。

这让我想起了一个原先在我们地铁站外卖卷饼的大姐。

记忆中，她每天会推着一辆小车，在马路边挑起一盏微如萤火的灯，灯下是个小饼铛。一开始我以为那是煎饼摊，后来发现她做的东西叫卷饼。怎么做的呢？首先把半成品的面饼加热，然后在里面加上摊鸡蛋或者土豆丝，切一截香肠，再盖上一层青菜，最后潇洒地一裹，一张圆饼瞬间就成了鼓鼓囊囊的长方体。

简单吧？你要是口重，还可以加辣条和榨菜；爱吃甜的，可以在里面刷一抹甜面酱。总之能满足各类人群需求。

咬一口，里面花花绿绿的，泛着油酱汁，让人惊喜。

因为卷饼简单又讨巧，所以大姐是马路边的宠儿。摊一张煎饼的工夫够做三张卷饼了，鸡蛋灌饼又没有卷饼内容丰富。臭豆腐受众小，麻辣烫又不好拿。所以大姐的摊位前，永远排着好些行色匆匆的食客。

与此同时，大姐也是个勤奋的人。勤奋到什么程度？有一天我们早上五点起来去上勤，我抱着试试的心态到站外觅食，看到整个广场寂寥空旷，只有一盏黄澄澄的小灯伫立在马路上。走过去一看，正是那个大姐。我问她怎么出来这么早，地铁还没发车呢！大姐狡黠一笑，说她的准备工作简单，炒好一锅土豆丝就行，不像别人，又是熬汤又是和面的，所以她有充分的时间早早过来抢占有利地形。

我赶紧让大姐给我做了一个卷饼，加肠加榨菜，做好后我迫不及待地咬一口，饼从缺口里呼呼地冒热气，像是冬日里刚刚作业的烟筒，飘出这座城市里第一波"蒸蒸日上"。

老实说，因为饥饿填补得过于迅速，我并没觉得多么美味，但是三下五除二地吃完，感觉特对得起自己。

有一次通宵办案，我从拘留所回到单位门口，看到唯一出摊的依然是马路边的大姐。当时我一身臭汗饥肠辘辘，看到大姐好像看到了亲人一般不能自已。要知道饿到极致，一口普通吃食便是命运恩赐的绝佳甜品了。

那时候手机支付还不普及，大姐把一个白色塑料桶放在饼铛边上，任食客自己往里投放，她怕脏了手影响卷饼，从来都不在里面翻看。有一次我去买饼，发现塑料桶里还有一块大石头，我说这是什么意思，防身？她不好意思地笑笑，说有一次刮大风，她的塑料桶被吹倒了，无数张纸币朝马路上飞去，她撅着屁股去追，捡了半天发现只找到了七块钱。

但是多年间，我对她的印象好像仅仅如此。一盏灯，一辆小车，一掌热乎饭，消费过后，一切烟消云散。

有一天我忽然发现，地铁站附近开了好多早点商铺，马路也修整得规规矩矩。大姐昔日卖卷饼的地方，已经变成了共享单车的停车位。自行车铺满了那里，见证了时光的流逝和时代的变迁。我蓦然惊觉，已经有好几年没有见到大姐了。

有时候凌晨办案回来，看到空空荡荡的马路，恍惚间仍觉得有一盏小小的黄色灯光照在那里，就像歌词中唱的那样：

"还记得街灯照出一脸黄，还燃亮那份微温的便当。"

记忆中，大姐会露出劳动人民最朴实的笑，把一份油香四溢的智慧结晶递给我。

这时我才发现，卷饼不单单是卷饼，而且是制作者能力所及的可以传递出去的能量波。而这股能量，不偏不倚地被刚需的我们吸收到，它的后劲与意义，我们甚至可以称为"爱"。

而所有的爱都不应在酣享之后，被抛诸脑外。

谢谢你，我的卷饼大姐。

十八岁

有一次,我在站厅里站岗,忽然看到一个小伙子在换乘通道里飞奔。一股青烟过后,我心想,可怜的娃,肯定是上班迟到了。

不多时,小伙子又折回到我面前,跟我说他的一包东西落在地铁车厢里了,找了一圈也没找到,现在特别着急。

他衣着光鲜,背着一只硕大的书包,虽然戴着口罩,但仍能看出是一张充满胶原蛋白的脸,只不过额头布满汗水,口罩也随着大口的喘息来回起伏。

进了警务室,我才发现他比我想的还要小,刚满十八岁,才踏进大学校门。今天没课,他就去西单图书大厦闲逛,买了几本书,坐地铁的时候把装书的袋子放在了脚下,下车时忘记拿了。

我说:"那我帮你问问我们所里吧,看看有没有乘客捡到,交到我们其他站的警务室里了。"

"谢谢警察叔叔!"

我："……"

不多会儿，他女朋友也专门为此赶来了，和他一样，年轻、时髦，也同样着急忙慌。那副忧心忡忡的样子，令我联想到她可能听电话只听了一半，得知男朋友进了警务室，就产生了无数不好的联想。

所里回复我说目前并没有乘客捡到失物，让他给我留一个联系方式，我这边帮着查找，有消息的话及时通知他们。

两人失望透顶，女孩一边给男孩擦汗一边长吁短叹，男孩也很失神地左顾右盼，一副老大不甘心的样子。

"要不我再去西单地铁站找找，万一我落在安检那里了呢？"

"到底是不是在车厢里丢的呀？"

"记不太清了……"

"什么脑子呀！再想想！"

小两口蹙着眉头一乍一惊地分析。

我心里嘀咕，现在年轻人怎么这么不扛事，丢几本书就慌成这样，走进社会可咋办啊。

没想到，仅仅过了五分钟，地铁站方就给男孩回了电话，说他的书刚刚被车厢里的乘务管理员捡到了，已经交给站区了，让他去那边的地铁站取。

随后令我瞠目的一幕出现了，男孩放下电话，和女孩拉着双手，一齐兴奋地欢呼着跳了起来！

那一瞬间，狭小的警务室里好像过年了。

"谢谢谢谢谢谢！"

我在连珠炮一般的道谢声中反而很不好意思："我也没做啥，是人家乘务管理员捡到的……"

两人牵着手，蹦蹦跳跳地离开了警务室，那样子，真不像是找回了几本书，而像是捡到了什么宝。

看着他们离去的欢脱背影，恍惚间我突然不自信起来。我发现自己已经好多年没有这般亢奋过了，平日里遇到事情我步步筹谋，哪怕问题再难搞，也要虚张声势地镇定。因为我心中总是隐隐有一个声音提示我：你不再年轻了，哪怕不能事事沉稳，也要做出一副大人模样。

我以前总觉得想要摆脱年龄的负担，便是把它看作自己思维模式的本钱。所以我冷静、平和，生怕别人看不到我这份岁月积累出的本钱，被贴上稚气未脱的标签。

所以在每一桩问题解决之后，我除了松口气，并没怎么高兴过。因为我没有真情实感地外耗，带来的结果就是无法产生兴奋与激动与它们对冲。一切的一切，都是在压抑中，给自己营造看上去的妥帖安稳。

但想起男孩女孩手拉手在警务室里欢呼的身影，我忽然察觉到这种假装的深沉，在年轻不经事的纯粹中，是多么自欺欺人。

十八岁，多么好的年纪啊，不用背负着生活的重担咬牙坚持，也不用在利益纷杂的社交中装模作样。饿了时就是一只咧嘴吐舌的小狗，睡醒了就是一头扭脸傻笑的憨熊；可以在没考好时哭得水漫金山，也可以在吵得天翻地覆之后又贱兮兮地牵起另一半的手。

这不就该是我们所有人本来的模样吗？

一〇
无辜

想说说有关校园霸凌的事。

我处理过一件事,当时我们一座地铁站出口处有家小吃店,里面有个小学生报警,说遭遇了另外两个同学的恐吓威胁,我出警处理。

我问了问,原来报警的孩子在课间不小心弄坏了一个同学的文具,那个同学便带着另外一个死党,放学后把他拖到小吃店里商量此事怎么解决,中途说了一些恐吓的话,那孩子也没手机,就偷偷让店员帮忙报了警。

虽然听起来是一件挺简单的事,但搞成现在这种局面似乎不是偶然,于是我偷偷拉着报警的孩子问了很多,一开始他还吭吭哧哧闪烁其词,最后终于告诉了我一些内情。

原来他在班里经常受到这两个同学和他们一些"好兄弟"的欺负,小则揶揄奚落,大则推搡拍打,自己反复隐忍换来的却是对方的变本加厉,以至于他长期生活在这种阴影下,每天上学都跟林妹妹初进贾府似的,战战兢兢的,生怕被这些人拿捏耻笑。

问他,怎么不告老师啊?

他说,告过,老师了解之后也训诫过霸凌他的孩子,但没什么效果。

问他为什么被欺负,他很不好意思地说,可能最初是因为他走路有些内八字,那些人才笑话他。不过他跟我强调说,他早就把这个习惯改了,但不知为什么,那些人还是成天盯着他看,故意寻他的毛病,比如喝水时翘小指,跑步时撅屁股,等等。

某种意义上说,孩童的生态就是这样,一旦某个人身上稍微有点儿与众不同之处,就会被没有边界地放大,然后被强行打造成一个给无聊之人提供笑料的形象。

这时我还在想,一定是孩子出于自尊心,不想过多对老师或者家长讲这些自己的"丑事",但后来我接触了那两个威胁他的同学,才发现自己有多么肤浅。

那两个霸凌他的男孩在回答我的问题时同样也是一副弱者模样,态度巨老实,眼神巨清澈,低眉顺眼,有问必答,天真单纯的可怜样完全不亚于那个报警的孩子。

他们很讨巧地否认了欺负他的事实,甚至还在我略显严肃的时候,流露出一种孩童专属的委屈惊恐,如果不是提前了解过情况,我真会心软到怀疑是不是自己小题大做了。

叫来几人的家长,大人们还挺通情达理,私下协调沟通了一下,表示会回去管教孩子,杜绝这种事情再次发生。

他们走后我就想,也许我们有时候在处理孩子之间发生的事时,视角真的有问题。拿这件事讲,霸凌者不管是不是孩子,他们面对一个权重更高甚至能掌控他们命运的人时，所表露出来的情绪与姿态，肯定是会和平日里截然不同的。

而孩子们更有一项特权，就是弱小而惹人怜爱的童真。所以当他们在舒适区和危险区之间切换面孔时，我们会下意识地被迷惑，从而产生错觉：啊，原来只是一起孩子之间的小打小闹，不需要多么上纲上线地苛责他们，也没必要把事情上升到什么高度。于是很多被霸凌的孩子就在这种压抑的环境中持续忍耐，直至性格都受到影响。

我们必须知道，孩子是会撒谎和伪装的。但现实是，当一件事没有"实锤"的时候，很多大人唯恐冤枉或者曲解了孩子，仅仅只是依据孩子的态度去判别真伪，甚至宁愿以一种更愿意相信他们的姿态，去试图走进他们的世界，获得他们的信任，成为他们的贴心良伴。

"做了就是做了，没做就是没做，你说实话就行。"

但是当你手头也没有证据时，你又拿什么检验孩子的话呢？

而且孩子也知道这个道理。

也许这就是很多遭受霸凌的孩子长期遭受的困境。他们不懂得取证，没办法获得人证，没有缜密的表述逻辑，无法自圆其说那些被欺辱的事压根不是孩子之间的玩笑，也不是自己的精神敏感和小心眼，而就是一次次针对性的攻击。所以到最后他们也就放弃了去证明这件事，转而忍气吞声、得过且过。

在孩子的世界中，无辜是强者和弱者都具有的天分，也是他们获得安全感的最大筹码。

那个想要轻生的男孩

我们地铁站还没装屏蔽门的时候,一天晚上乘客稀少,有个二十岁左右的小伙子坐在站台边缘,两脚悬空,两眼直勾勾地盯着轨道,谁说话也不理,挺瘆人。

我们好说歹说把他带进警务室。

和我一起的老民警推心置腹地问他碰到了什么烦心事,小伙子一开始油盐不进,就说自己不想活了,活着没意思,全程自闭,负能量爆棚。

"你有没有手机?"

"有,扔了。"

"家里联系方式有吗?"

"没家。"

问了一会儿,跟抠牙缝似的大概了解了他的烦恼。十几年前他的父母就分开了,一直没有办离婚手续,这些年父亲带着他靠吃房租生活，自己成天除了打麻将就是出去耍，几乎没这么管过他。

然而就在最近，母亲又出现了，找到父亲说自己要再婚，先办离婚，然后分家产。他的生活一下就被打乱了。

老师傅干咳了几声，劝他说家里的事终归要解决的，实在不行就交给法律，钱什么的都是小事，别为这些想不开，他还有大好的前途啊。

没想到就是这么两句话，把他惹毛了："那我算什么呀？"

我们俩秀才遇见兵似的看着他。

"她走了这么多年，回来就是要钱，我算什么？"说完他就跳起来，向门外走去。

我赶紧追上去，怕他再坐到站台沿上展示大长腿。

他说："不跳轨了，你们该干什么干什么去吧。"

我们一块儿把他拦住。他气急败坏："你们还有完没完？我还被限制人身自由了？"

推搡半天，我们勉强把他堵在通道里。合计了一下，决定还是由我把他送回家，免得他再到别的地方寻短见。

我把他带上警车，问他住哪儿。他马上说了个小区名字，并不远，我一路长驱直入，快开到小区时，他示意要下车。我说："我给你送到家门口吧，看你进去。"

他暴跳如雷："我坐着你这车到家，别人看见会怎么想？"

我当时也烦躁了，直接把车门锁上，告诉他要么我送他进家门，要么他给我家里人联系方式，我亲眼看着别人把他领回去。

他盯着我："你有病吧？"

我甘拜下风地看着他："对对对，我有病，你看看除了警察谁还这么管你！"

我们俩跟小孩似的互撑了一会儿，只记得他说他不想回家，因为家里要为这事打官司，还要上电视，他爸都要请电视台编导来家里了，他觉得丢不起那个人，就再也不想回去了。

我说："那你躲着就行了？说得就跟你不回家这事就不会发生似的。"

"本身我也就是空气，谁管得了他们。"

我一时难以理解，所以也不再轻易发表看法，只是说："你看这样吧，我跟在你后面看你进家门，我会离得远远的，不造成任何影响，成了吧？"

他跟要就义似的凛然沉默。

"看在我给你送回来的分上你也别为难我，行吧？"

他想了想，重新抬头看着我："行。"

然后又说了个地址。是另一个小区。唉，年纪轻轻套路满满。

我们到达的时候按照约定把车停在外面马路上，我若即若离跟在他后面，进单元门后我还怕他使障眼法，比他快走了半层楼梯，然后看着下面的他敲了一个门口堆满垃圾的屋门。

当时也不知道是走快了还是太紧张，我心脏怦怦直跳，心里祈祷着一定要有人给他开门啊，万一他吃了闭门羹，这事就更烫手了。

还好，门很快开了，里面的人和他相顾无言。

然后我看见小伙子并没有着急进门，而是先看着我点了点头，又微微动了动胳膊，形成一个扭捏又隐蔽的挥手姿势，最后整个人消失在了门缝里。

我把最后那个动作理解为感谢。那一刻我还是有点儿欣慰的，一个看起来不被爱的人，甚至试图以轻生来宣泄自己的绝望的人，偶然迸发出来的真情实意，真的还挺生动的，我也很自豪能够让他在那种恶意满满的人生状态中，有了一刻羞涩而真挚的抬头。

　　回来的路上我忽然回味起了我曾经对他说的那句话："不回去事情就不会发生了吗？"不知道这句带着情绪下意识说出的话，有没有打动他，是不是他最后做出那个对我表示肯定的动作的原因。但是这句话，自打我说出之后，就一直在我脑子里回旋，像是被我不小心抽中的某个灵签，告诉我，逃避和纠结改变不了任何苦难。

　　我们选择不了人生的出处，但我们还有大把的机会，能够在前路上选择左右，我们可以骑着单车吹着风，按照自己的希冀调整方向，唯独不应徘徊在入口的地方，为了寻找与生俱来的伤痛的来由，而丢弃整张还未展开的地图。

地铁站外的小保安

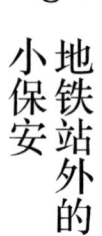

我们地铁站外有个小保安,那天引起了我的兴趣。当时我正在安检机附近执勤,忽然看见他飞奔着跑进了站厅,看样子像是追赶什么人。我赶紧朝着他奔跑的方向望去,发现他只是提醒一位乘客戴好口罩,说完之后,又擦着满头的汗水走出了地铁。

从他执勤的位置到站厅,少说也有大几十米,想必那位乘客是从另外一个比较远的地铁口进来的,他只是隔着人流瞥见了,就匆匆进来劝说,真是非常负责了。

当时我对他的印象还停留在责任心强的层面,每次到站外巡逻,会有意无意地多看他两眼。我猜测他最多二十出头,消瘦的小身板上总是撑着一身略显宽大的制服,与街面儿上那些总是风尘仆仆的保安相比,他的衣装非常整洁,一些地方已经被洗得掉色,甚至擦肩而过时都能闻到隐隐的肥皂味。他的眼睛也很有特点,不算大,但是很"闪",眨眼之间能迸出一些小心思的那种。

但我并不知道他成天在想什么。我只知道他的工作很乏味,每天独自站在地铁口的台阶上盯着过往乘客,好像什么都不用做,又好像什么事情都躲不过。比如我会看见他帮老人提行李箱下台阶,会给找不着北的乘客指路,也会在对讲机里哇啦哇啦讲了一通什么之后,跑跑颠颠地去某个角落查看情况。

另外的时间里,他看上去都像是在发呆,笔管条直地站着,从艳阳高照到日暮西山,从人头攒动到乘客稀少。

不得不说,他和我有点儿像。想到此处,我又觉得他很普通了,可能孤独之人都差不多,当外界什么都没有发生时,自己也不知不觉虚度了一天。像是生活硬塞的帽子,大家一起戴好,不情愿但又很有共识地扮出普罗大众的真实模样。

直到有一天,单位需要我拍摄一组在地铁口执勤的照片,我找到他,说:"嘿,能帮我照张相吗?"

他远远地忽闪着眼睛,指着自己的鼻尖:"我?"

"对呀。"

他乐颠颠地跑过来,接过我的手机,反复确认拍摄界面里那个唯一又硕大的按钮,问我横屏竖屏、远景近景,以及需要把什么景观囊括进去,反之不要带什么烦冗杂物,等等。

我被他问得一愣一愣的,因为我自己都没有认真思考过这些。

我们好不容易定好拍摄方案,他来到不远处的前方,一会儿下蹲一会儿踮脚,还会依据光影强弱调整我的位置,那架势,真有专业摄影师的既视感。

他拍摄了好多张,心满意足又诚惶诚恐地给我展示,说:"哥,你看这样行不行?"

"太行了。"我都快中暑了。

他来不及擦汗，嘿嘿笑着。

晚上我翻看手机中那些照片时就想，我们还是有区别的。面对平时无足轻重的琐碎，我好像都是没过脑子似的得过且过，比如照张照片，打开镜头按快门就可以了，压根不需要什么周密部署。如果今天不是小保安煞费一番苦心，我都会忘了今天还拍了照。

由此我联想到，当我一个人自处时，如果没碰上什么事，我好像也不大会保留什么记忆。外界的平凡无奇抹杀了我的大部分思维，使我无论是在工作还是生活中，都几乎丧失了自己的存在感。

走路的间隙恍惚间会忘记自己从哪里出发，拿起水杯时才想起半天都没有蓄水，某段文字看到末尾依旧没有搞清含义，出门前怎么也找不到那个才戴过一次的口罩。

这好像才是我独处时的常态。因为没有任何的交流互动，我的行为多半是没有意识的。

而小保安并不是这样。他和我正相反，尽管一个人平淡无聊，却能常常处在一个有意识的状态。他知道自己每时每刻都处在哪里，需要做什么，从不会把本就有限的思维无限闲置。所以他才能在帮别人拍照时殚精竭虑，在远远看到有人没戴口罩时跑过去提醒。

高质量的独处并不需要你做什么大事，有什么提升，而是只要获得一个"有意识的状态"就可以。那样你每一天的生活都是实打实的，哪怕是没有发生什么特别的事，你也不会忘记什么；哪怕只身一人，你也不会觉得寂寞难耐。

之所以想到写这一篇，是因为我中午在地铁口又看到了他。当时他刚刚换了岗,手里攥着一根烤肠,边吃边盯着地上的一只野猫。那猫傻乎乎地望着他大快朵颐,就在我以为它要失望而归的时候,我看见小保安把最后一口烤肠轻轻地从扦子上撸了下来,蹲下来放到了它的嘴边。

养狗的快乐

我遇到过一个事主,"95后"小伙子,自己一个人在北京打拼,在远郊租了一套小开间,养了三只狗。

最初他只有一只从老家带来的哈士奇,其他两只狗是后来捡的,一只是小柴狗,另一只好像是松狮。他没谈恋爱,也没有合租室友,成天就和这三只小狗做伴,如果不是那天在地铁里因为和别人起了小小的争执,也许他从下班走出公司到第二天早上出门,都不会和同类交流一句。

事情解决之后,我们简单聊了聊。

当我听说他家里有三只狗时,第一反应是佩服。因为在我看来,养那么多只宠物一定会经常让人抓狂,平时的投喂和清理都是不小的工作量,何况汪星人精力旺盛,难免会在他白天不在家时把屋里搅得天翻地覆。

他笑笑,说可不是,当他第一次捡到狗回家时,两只狗在客厅里追逐了整整一晚，搞得他彻夜未眠。他捡第二只狗回家时，家里的两只同样给予了惨烈的欢迎方式，在他给新朋友洗澡时，它们撞翻水盆后一起跳到沙发上狂奔起舞，像是三只失控的狗头花洒，让他隔着眼镜片都能看到彩虹。

狗的本性就是爱折腾，他回到家时经常见到的是一幅如同爆炸现场般的场景。它们会把沙发巾撕咬成掉渣饼，会把抱枕抢夺成炸了馅儿的馄饨，会在茶几边缘留下如同蚂蚁搬家一般的牙印，会在他心爱的 PS5 上不厌其烦地留下划分领地的尿。每天下班回来推门之前，他都像开盲盒似的祷告，希望今天的局面不要过于震撼。

同情之后，我又有些不理解，问他既然这样，为什么还要养啊？即使养，也不要养这么多，这样不是比上班还累吗？

他摇摇头，自嘲地说自己其实有点儿讨好型人格，日子过得很累，他需要的只是一种规避掉语言交流的社交，不需要在言语试探中摸索自己的行动方向，也不用担心某个对话氛围会忽然冷得尴尬，或者因为一些不可言传的分歧，与别人产生心理上的博弈。

于是他选择养狗。在自己的那个小主场里，分配给它们口粮，看着它们欢快地暴风吸入；给它们套上不同颜色的牵引绳，带着它们蹦蹦跳跳地下楼，按照自己的既定路线欣赏风景。

哪怕它们会不合时宜地搞出一点儿破坏，需要他动不动就收拾那些臭烘烘的屎尿，但这些带给他的都是纯粹的责任感，不耗费一丝一毫的思维成本。

他说："其实挺有意思的，有时候心里装着事，但狗又不能不管，给它们洗澡、喂食，带它们遛弯，忙来忙去的，也就过去了。如果没它们，估计一晚上的时间会过得很慢。"

我本来心里装了很多大道理要跟他讲，比如多去外面走动走动，

077

努力培养开朗的性格，等等，但听他说完这些之后，我忽然改变了主意。一个人最喜欢的生活方式，无一例外都是遵从自己内心的。

我还能说什么呢？

我们之所以能够如此爱宠物，也许正是因为它们从来不会懂我们。和它们相处，我们没有被人看穿心事的警惕，没有弄巧成拙化简为繁的顾虑，也没有渴望从它们身上得到某些回响的苦涩念头。

但它们依然能成为我们的朋友，甚至家人。回到家，看着它们摇头摆尾地欢迎自己，把自己当作沙发或者山丘，在上面翻滚蹦跳仰面大睡，满足感像果冻一样在它们毛茸茸的脸蛋上颤动。那一刻我们能看到一种最透明的专为自己定制的爱，我们知道，原来自己果然是这个小小空间里最被需要的那一个，真实，且永恒。

越热闹越孤独

有时候热闹并不等同于陪伴,而且越是强烈的热闹,越会强调这种差异。

有年冬天,我在站台上发现一位情绪不大好的女乘客。一开始她在站台边缘大声地打电话,然后又绕到楼梯口徘徊不休,整个人跟丢了魂儿似的漫无目的。

站务员上去问她需不需要帮忙,她说不需要。站务员闻到一股酒气,怕出事,就叫来了我。

我上前问了问,姑娘说她刚参加完公司年会,喝了点儿酒,但是不承认喝醉了,坐到这站忽然想到了有位闺密住在附近,两人好久没见了,就想叫她出来聊聊。但闺密此时不在家,也过不来,她就忽然开始焦虑了,不想上车,也不出站,执拗地等在这里。

见她说话有些颠三倒四,我问她还有没有别的亲友或同事能过来接她。她不耐烦地说没有,她只和那位住在附近的闺密要好,现在只想见她,她们已经好久没有联络了。

我挠着头说:"但是人家不在家呀。"

她鼓着嘴坐在长椅上:"那我就等她回来。"

"那她万一不坐地铁呢?"

"不可能,我最了解她,她肯定坐地铁。"

"要不你们改天再见?今天太晚了,一会儿地铁没车了。"

她就不再说话了。

我不敢把她一个人晾在那儿,只能继续问:"为什么非得今天见呀?有什么事吗?实在不行打电话说?"

她断断续续地告诉我,她和闺密是大学同学,两人毕业前在学校一起签了三方协议,来到了她现在就职的公司。那会儿两人还住在一起,上班下班形影不离,过节回家也都结伴同行。但是闺密在去年这个时候跳槽了,搬到了现在这个地方,她们就渐行渐远,不怎么联络了。

今天在年会上,她看着大家在台上台下尖叫舞动,忽然就想起了去年此时在身边陪伴的闺密,于是有点儿破防[①],特别想见她一面,好好聊几句。

当然,她不说我也知道,这里面肯定也有几分酒精的催化。

虽然我能产生一些共情,却并不很支持她的做法。人时不时地自我感动很正常,但没有道理强求别人配合自己释怀。于是我又劝了劝她,说也许对方真的不方便过来,她可以先回家休息,等等。

"你们不用管我,我跟她说了,就在这儿等她。"

"她答应了吗?"

---

① 破防:心理防线被攻破。

"嗯。"

我觉得不太靠谱,跟她要手机:"我帮你问清楚吧。"

电话拨通,那边传来了一个很平静的女孩子的声音,听到我是警察,她有些紧张起来,反复问我:"她的状态真的很不好吗?"

我据实以告,她结巴着顾左右而言他。

我忽然觉得事情有那么一点点不对头,捂住话筒小声问:"你在家呢,对吧?"

她沉默了会儿,说:"对。"

我想了想,说:"没事,你甭过来了,我再想办法吧。"

她也想了想:"我还是过去吧。"

不大会儿工夫,她就来了地铁站,两人见面拥抱,互相寒暄,拉着手半天不松开。我趁着一起下楼梯的当儿小声嘱咐闺密,带姑娘醒醒酒,送她回去时看着她走进家门,等等。

闺密偷偷朝我苦笑:"也赖我,离职之前没告诉她,这不就跟我闹意见了嘛,一直就没联系。"

我愣了半刻:"哈哈,原来如此。"

时至今日,我依然能在记忆里那个早已面容模糊的姑娘的讲述中,感受出她参加年会时的见闻和心境。鲜花、彩带、欢呼,人声鼎沸,那么热气腾腾,又那么虚无到事不关己。

老板宣布了一个又一个获奖者,气氛达到高潮,尖叫声彼此起伏,她却蜷缩在喧闹中,心情好像是瀑布边缘的一湍水流,从悬崖上看似恢宏地冲进星光四溅的彩虹,最终落在空无一物的岩石上,四分五裂地消失在下游。

最直面孤独的时刻。

我们可能会在热闹中肆意大笑、蹬腿、高喊,但随着笑闹声退去，心底想必也会恍惚升起一丝不那么确信的凄凉。因为它无法将安稳与松弛延续下去，像是长长久久的陪伴那样，宛如细流。它不能。

← PART2

炽烈无浊的真心

我以前思考过一个问题,就是在当今社会的一段雇佣关系中,到底是等价交换的利益价值更重要,还是因这段关系而建立的人际体验更重要。

比如我曾经接过一个报警电话,事主是位老阿姨,沟通过程很顺畅,于是她在聊完案件相关问题后,又顺势向我咨询起另外一件事。

大概是说她之前雇用了一个保姆,这个人有点儿缺陷,用她的话来说,就是智力偏低,做粗活可以,算术和记事不太行,买菜总是出错。前一阵子这保姆被电动车撞了,自己糊里糊涂地搞不定赔偿事宜,她就想站出来帮忙料理一下,让保姆尽快得到赔偿。但这类事怎么处理她也没有章程,就想借着这个机会征求一下我的建议。

听她描述完事故经过,我阐述了自己的观点,给她支了一些招,她感激不尽。

我说:"您也是很局气①了,对自家保姆这么好。"

阿姨叹了一口气:"不瞒您说,其实最初我是想借着这个机会把她辞掉的,我想了好久了。"

我很意外:"为什么?"

阿姨告诉我,其实她对这个保姆并不满意。当初雇用她,一是看中对方价格低廉,二是就当行善扶贫了,但说到此人身上的缺点,也真是让她叫苦不迭。算术行不行的搁一边,日常交流有时候就会让人抓狂。比如保姆有时候连最基本的口齿清楚都做不到,一句话通常要重复好几遍才能说明白;又比如她的思维过于简单,很多事情好赖话分不清,有时阿姨声色俱厉地纠正一个问题,她很快又会笑嘻嘻地重蹈覆辙。

我有些迷惑:"那之前为什么没有辞掉她呢?"

"这几年里我无数次想换掉她,但有时候嫌麻烦,有时候心疼钱,多数时候还是觉得她这样的一个人,到哪儿肯定都没人要,我要是赶走她,说不定她就活不下去了。"

就像这次一样,保姆在家养伤时还给她打过好几个电话,意思是自己很快会痊愈,让她把家里的粗活累活都留着给自己干,话里话外很怕失去这份工作。

阿姨纠结了一段时间,决定还是趁机换人,于是狠狠心,带着一些慰问品去了一趟保姆家,跟她摊牌。

坐在保姆家简陋的炕沿上,她委婉又事务性地表明了自己的态度,希望对方能够理解。

打着石膏的保姆歪头听了,第一反应是惊讶:"那你要怎么办?

---

① 局气:北京方言,形容为人仗义,说话办事守规矩,讲道理。

再请一个人吗？"

阿姨为了照顾她的情绪，摇头说："暂时不请了。"

保姆傻乎乎地摇头晃脑："那怎么行？家里活儿很多的哟！"

阿姨本无意赘述，直到保姆拿出了一个小本，一字一句地跟她交代家里各种活计的细节。

在阿姨的印象中，那个小本是保姆买菜时记菜品和账目的，她从未加以留意。这是她第一次认真端详那个小本，发现上面头几页还歪歪扭扭地写着保姆每天从早上到晚上需要做的家务，拖地洗衣、浇花喂鸟，大大小小列了十好几条，一看就是怕自己记不住，时不时地拿出来看看。

在喂鸟那一栏，还画着一个歪歪扭扭的图，好像是盛了三分之一杯水的水杯。阿姨很困惑地问："这是什么意思？"

"这是每天喂鹦鹉的小米，你说的每次喂它这么多。"

阿姨一时恍惚，自己好像都忘记喂食的分量了。也正因如此，她的鼻腔一阵酸涩。

她很不情愿地发现，保姆之前在电话里的百般嘱托其实并不是多么离不开这份工作，而是担心没人料理她的生活。在阿姨眼里，对方可能是一个不称职的帮手；但在对方心中，自己却是需要被竭尽全力照顾的家人。

阿姨就开始反思，这些年自己也很有问题。出于对保姆智力的考量，只给她远低于市场价格的工资，节假日也没有三倍补偿，心情差的时候会对她摆臭脸，抓到一点儿毛病就冲她发脾气……那个小本就像是全息投影，把这些场景历历在目地还原出来，令阿姨后悔自责，直至打消解雇的念头，并且想要帮她一把。

说到最后，阿姨有些哽咽，我说："我懂了。"

忽然想起电影《桃姐》中的一个画面，在用人桃姐照顾刘德华饰演的男主很多很多年之后，桃姐因病住进了医院，不惑之年的男主和发小们在家里的冰箱中发现了桃姐之前烹制的牛舌，大喜过望之际，一边吃一边笑着给桃姐打电话，告诉她她的手艺没有变，还和他们小时候一模一样。镜头一转，孤身一人在医院里的桃姐笑得面红耳赤，就像是享受到了被承欢膝下的天伦之乐。

从头到尾电影都没有告诉我们，终身未婚、无子无女的桃姐从男主家拿到了多少报酬，也一定没有人会关心其中的物质因素，因为我们早已经被这种在利益交换基础上衍生的感情吸引走，并且为之沉浸和称颂。

也许金钱能给每一段付出标出最为公平的价码，但过手的金钱转瞬即逝，这世间最能成全我们的，还得是那颗炽烈无浊的真心。

沾满雪花的奖状

讲一个关于父亲的故事。

几年前一个雪天,我们地铁站发生了一起挺棘手的纠纷。其实根本不是什么大事,无非就是谁踩了谁的脚一下引发的骂战,我劝双方互相体谅一下,道个歉各走各的就行了,别因为这点儿事耽误上班。

事主之一是个姑娘,情绪非常差劲,无论我说什么,她都黑着脸一言不发。一开始我还琢磨这事是不是有什么内情、她受到了什么侵害之类的,百般追问后对方才冷冷应道:"没有,我挺好的,你让我安静一会儿就行了。"

"那事情也得解决呀,对方还等着呢。"

"那就都等着吧,反正都不着急。"

"你不上班呀?"

"不上。"

我不知所措了一会儿,试着套近乎:"你是不是有什么烦心事呀?"

她面色一沉,又不说话了。场面就僵在那里。

过了半个多钟头吧,警务室外面来了一个中年男人。我至今都记得,那个黑瘦的男人肩膀上挂满雪花,头上戴了顶很旧的鸭舌帽,帽子上印着一个阿拉蕾。

男人带着一股烟味,自我介绍说是姑娘的父亲,听说女儿来了地铁警务室,以为出了什么大事,就赶紧打车过来了。

我给他讲了事情的经过,男人马上找到对方乘客,代表女儿沟通解决了事情。

双方都离开后,男人跟我道歉:"真是给您添麻烦了!我这闺女平常不这样,她可能是最近工作压力大,心里烦。"

我说没事。男人眨着眼睛问:"这件事会不会对她有什么影响啊?"

我说:"不会,谁也没违法,纠纷而已,解决了就行。"

他还怕我不信似的,从衣兜里掏出了好几张叠得整整齐齐的白纸。由于外面雪很大,纸被打湿了一些。

"您看看这个。"

"什么啊?"

"您看看您看看。"

我打开一看,是很多张奖状的复印件,多数是大学时期的,也有中学的,奖学金、荣誉称号、优秀团员等,甚至还有一些艺术类的奖项,比如芭蕾舞比赛第一名。

男人在一旁解释道:"她前一阵找工作,我帮她把上学时的奖状都印了一遍,结果她也没要,我就一直给她留着呢。您看看您看看,我真没骗您!"

我明白他的意思,象征性地翻了翻,露出一丝苦笑。

男人叹息着说,其实父女俩以前关系还是不错的,但是自从女儿上了高中后,他们的交流就越来越少,后来她去了外地上大学,一年到头和家里也说不上几句话。他发现女儿毕业后性情变化挺大的,觉得一定是经历了一些事,但无论怎么问和试探,都得不到答案。他和孩子母亲分析来分析去,认为要么是感情问题,要么是就业压力,要么是单位里人际关系复杂,等等。总之,对女儿身上的诸多疑点,他们只敢在深夜关起门的卧室里讨论一番,平时见到女儿,是绝对不敢多问一嘴的。

他们不想让她察觉到眼里的任何一丝异样,怕这会成为压垮骆驼的最后一根稻草。

说到这里时,我多少觉得有点儿夸张:"有什么事情,不能坐下来好好沟通清楚呢?"

男人摇摇头:"小伙子,你想得太简单了,等你有了孩子就知道了,跟孩子之间的很多事,能够维持在她不张口、你不多嘴的状态就已经很好了,怕的不是她不说,而是她说了,你帮也帮不上,互相还多了一层狼狈,以后你们之间就更别扭了。"

我的第一反应是沉默。我很少对一个观点赞同到无法用语言表达。

随着岁月的增长,我们有太多太多的话不想再对父母说,各种看似冠冕堂皇的顾虑背后,实际上就是出于我们不再相信他们的实力的下意识。他们不再是在大树下面,一撸袖子就能帮我们够回皮球的人;也不再是在我们哭鼻子的时候,用一颗糖豆就能令我们破涕为笑的人。他们老了,老得连注视和关心我们,有时都会惶恐。

然而他们除了变老,其实什么改变都没有,却还是被剥夺了那份本应最值得我们坚信的守护。

我头颅慢慢低垂,把奖状还给了男人。

不久之后,我路过卫生间时,透过门外的布帘子,无意间看见男人并没有走,而是正站在洗手池边,用双手把一张奖状摆在脸前使劲吹气。

我这才想起,那些奖状有的被雪花打湿了。

男人瞪眼鼓腮的样子,像只胖乎乎的鹦鹉鱼,配合着脑瓜顶那个阿拉蕾造型,整个人显得有些搞笑,而我却怎么也笑不出来。

想起电视剧《请回答1988》里的那句台词:"他是个不会懦弱的超级英雄般的存在,但是,当我懂事之后才好不容易明白了,超人也是人,不论多么肮脏、卑鄙、令人作呕或是累人,他之所以能够坚强地挺过来,是因为有要守护的人。"

一
固执

工作这些年使我明白，有些人之所以固执，其实并不是性格使然，只是利用"固执"来撇清自己本身的问题罢了。

我们曾经接到过一起报警，一位老阿姨称自己的行李在地铁站里被窃。

她说自己当时带着一个行李袋准备出站，在站厅打了个电话的工夫，放在地上的行李袋就凭空不见了。虽然包里只有一些衣物和洗漱用具，却还是令她懊恼至极。她连比带画地跟我形容这种体验有多么糟糕，说光天化日之下在公共场所，怎么有人堂而皇之地偷东西呢，简直无法无天！

阿姨走后，我们调取了站厅录像，很快发现这其实是一个误会。

画面中的阿姨刷卡出了闸机之后，把随身携带的包裹放到地上，然后开始掏出手机打电话。可能是站厅信号不好，她就把行李袋留在原地，边对着手机讲话边漫无目的地转悠到了站口附近。站口距离闸机的位置至少有十几米远。

不久之后画面里出现了另外一位出站的女乘客，拿着大包小包，出了闸机后站在阿姨的行李袋旁边东张西望，似乎在等候什么人。这时又有另外一位女士从画面外跑了过来，站在这位出站的女乘客身前，两人一阵寒暄，对车站内外指指点点。

显然最后出现的女士是前来接站的。她和出站的朋友会合后，误把地上阿姨放的行李当成了朋友的行李，很自然地提了起来，然后和朋友一边聊天一边往外走。而她的那位朋友光顾着说话，也没有注意到这个细节，两人就相谈甚欢地走出了地铁，和站口兀自煲电话粥的阿姨擦肩而过。

事情虽然搞清楚了，但由于大家都戴着口罩，我们一时还是不知怎么联系那位拿错行李的女士。正当我们准备调取别处的监控录像排查该人的行动轨迹时，好消息传来，那位女士发现自己拿错了包，于当天下午就返回地铁站，交还给了站务。

我挺高兴，心想阿姨这回可算是踏实了，便美滋滋地赶紧坐地铁把那个行李袋取了回来。想到她之前着急上火的样子，我认为她一定会高兴坏了，说不定会和以前那些被完璧归赵的事主一样，拉着我的手好好表扬一番。

晚上的时候，阿姨匆匆过来了，面色上却没什么改善，甚至更加死气沉沉。我秀才遇见兵似的看着她，让她清点一下物品。她却冷冰冰地说："东西没什么值钱的，都是小事，我就说啊，现在真是世风日下，都是一些什么人啊，连包旧衣服都偷！"

我赶紧解释说这是一个误会，已经查清楚了。阿姨依旧不相信，并且言之凿凿："我就真不信她能拿错！我打个电话的工夫她就给顺走了，又不是三岁小孩，说拿错了，谁信呀！"

我苦笑道："您都撂下东西跑出八丈远了，谁能分辨出是您的呢？"

"怎么叫八丈远？我就一直在东西旁边呢！"

"您要不信我给您看看监控录像也行。"

"不用看！我就在那儿呢，当时怎么回事我还不知道，用看录像？"

"对方不还是主动归还了嘛。"

"她一看，包里没什么值钱东西，拿了也没用，不如就还回去，省得万一真被警察抓了就亏大发了。"

我心想这也太轴了，叹了口气："您也别把人往坏处想。"

她气哼哼地说："我也就是懒得跟她计较，这我要是愣说包里有两万块钱，现在没了，她说也说不清吧？"

我背后一凛，哑口无言。

别说表扬了，最后连声谢谢也没有，阿姨带着行李和一肚子牢骚离开了我们派出所。

后来我和前期与我一同处理这件事的同事聊天，他对此并不意外，并说他也和那位阿姨通过电话，就感觉她是一个特别认死理的人。他曾经反复和她核实丢包的前因后果，她一口咬定当时自己一直守在东西旁边，从没有离开半步。

想着她那样自信，我都有些恍惚了："是不是她真的记错了？"

同事摇头："她要真的打心眼里就认为东西是被人偷了，能甘心就这么走了吗？肯定要求警察处理小偷啊。"

啊，真的是这样。

这时我才明白，原来她并不是我认为的顽固不化，而是一直很机敏地把所有问题都推向外界。当真相逐步明朗甚至完全揭开时，她也只能绕开证据死撑立场，否则自己之前的信誓旦旦就太荒唐了。

仔细想来，生活中这种人其实并不少见。很多人最初为了达到某种目的，会选择用比较刺目或者具有冲击性的观点直入人心。但他们往往会忽略掉一个问题，就是如此博来关注的一瞬间，底层逻辑常常是不稳的，问题显现后能撑住自己体面的，往往只有一腔让人无法深究的"固执"。

人这一辈子啊

前两天晚上我从地铁站出去,在马路边碰见了一个原先来我们地铁外摆过摊的大姐。大姐是南方人,脾气有些火暴,但是很能干,挑过很多摊子,身上好像有十八般武艺,那会儿经常跟我们打游击战斗心眼,挺有意思的。

因为一年多没有看见她了,我就跟她闲聊了几句,听她说,之所以这么久没出现,是因为自己回老家照顾患阿尔茨海默病的老母亲了,一直到把老人送走。

说起老人可把她的话匣子打开了。她说她上面其实是有一个姐姐和一个哥哥的,这么些年来老人都是他们照顾。但是从前年开始,老太太的痴呆就越发严重,轻则打人骂人,重则把家里弄得屎尿满天飞,哥哥姐姐们难以承受,就把她送到了养老院。一周之后,院长崩溃,说老太太晚上不睡觉,抱着尿壶满楼道乱窜,他们怕出事,就全须全尾地把人送了回来。

这些年大姐一直漂泊在外，只有她没有负担过老人的生活，哥哥姐姐就给她打了电话，让她自己看着办。当时大姐正蹲在出租屋里往竹扦上插牛肉丸，看着对面洗菜的老公一阵语塞。当年大姐恋爱时就违背了老人意愿，老人觉得大姐男人不是本地人，没本事、不靠谱，死活不同意这门亲事，所以大姐在成婚后干脆远走高飞，几乎断了与家里的来往。

但打断骨头连着筋，冲着养育之恩，大姐还是坐上了回家的火车。

到了家后，大姐才知道自己接手了一个多么烫的山芋。老人糊涂得多半时候连家人都认不出，吃饭靠喂，挑食成性，排泄也总是随心所欲，还有一身的皮肤病，动不动就把自己抓得鲜血淋漓。

她自幼和母亲就关系奇差，两人的性格几乎是一个模子里刻出来的，暴躁又执拗，早年间就已经势同水火。这会儿母亲的病情让人抓狂，她自然也没什么好心情，硬着头皮伺候了一阵，被折腾得身心俱疲。有时候老人被她训得坐在床头号哭，大姐就借题发挥地翻旧账，数落着老人当年的种种不是，比如就在这间房子里，老人曾经拿擀面杖抡过她，拿锅盖砸过她，藏着户口本不让她登记结婚，等等。老人就如同醉虾一般缩在角落里，不明所以地惶恐一阵，然后"噗"的一声，拉了。

大姐真想把房子点了，趁自己没疯时了断一切。

病情发展到后来，老人有点儿被害妄想。比如她会跟大姐念叨有人要抢她这间小房子，把她赶到大街上去，因此她一步也不敢走出房子，生怕哪天房门被换了锁，或者四壁被人拆了。因为常年见不到光，她的皮肤病迅速恶化，身上很多地方都长了褥疮，夏天的时候气味熏天。每每大姐喝令她到外面去晒太阳，她就一脸懵懂地问她:"你谁呀?凭啥赶我?你赶紧走吧!"

大姐说:"真是见了鬼了,我走了你吃啥?"

老人登时一哆嗦,连比带画:"确实有鬼,你看,就在我脚边上,好几只呢,烦死了,赶紧给我轰走!"

大姐一个女中豪杰被吓得汗毛直竖,回过神来又是一阵"口吐芬芳"①。

冬天的时候老人已经退化得起不来炕,成天蹬腿打滚哼哼自己快完蛋了。大姐给亲戚们打电话,想把老人送到医院诊治诊治,七八口子人愣是敌不过老人一通乱拳,最后四散而逃。只有大姐守在床前,连发怒都没有气力了,哭着问她:"是非得把我折腾死吗?我沾过你什么光,你这样搞我,你不怕我得疯病自杀吗?"

老人口水挂了三尺长,斜眼怒瞪,语出惊人:"你休想霸占我的房子,你个坏婆娘,这个房子是给我囡的,她还没婆家呢!"

大姐一愣,"囡"是她的小名。

她以为自己听错了,问:"你说给谁结婚用?"

老人一口黏痰啐出去,让她滚。

过了几天,老人就没了。

直到去了火葬场,大姐还处于一种匪夷所思的状态,反复琢磨老太太说的那句话。她不是觊觎房子,那小破屋根本不值钱,重点是老人的想法。老太太怎么会那么想呢?自己怎么可能成为她最后的执念呢?她们明明是斗了一辈子、互相冷落了好多年的名存实亡的母女啊。

大姐跟我说,老人火化时自己没哭,但是有个瞬间她却绷不住

---

① 口吐芬芳:网络流行语,指说脏话或爆粗口。

了。当时火葬场有个烧遗物的环节,她大哥把老人的一包衣服递给她,让她送到大炉子里去烧。大姐把衣服捧在胸前,忽然闻到了一股刺鼻的老式洗衣皂的味道。她恍惚意识到,曾经自己的身上也布满了这种味儿,那时他们家所有孩子身上都是这种味儿。那会儿母亲总会挑一个风和日丽的日子,把一家人的衣服堆在屋檐下,在一只硕大的澡盆里垫个搓板,手边放着黄澄澄的肥皂,吭哧吭哧地洗衣服,一洗就是一下午。

那会儿母亲精神矍铄,眼睛总像是六月的天,动不动就闪出一道惊雷,雷声之下,山云震动,万物生长。

大姐"嗷"地哭了出来,谁也拉不住。

六月的北京闷出了一场小雨,淅淅沥沥,细润轻慢。大姐不知从哪儿掏出了一把雨伞,把伞柄斜靠在肩上,遥望着雨幕中的城市星光。

"人这一辈子啊。"

爱情的触感

听情侣吵架其实挺长见识的,有那种免费蹭了课外班的窃喜。

有一次我碰见一对情侣在我们站厅吵架,声波贯耳,旁若无人,引得乘客纷纷侧目,其中不乏掏出手机偷拍的好事者。为了不影响秩序,我只能出面调停,把俩炸药桶拉到一边安抚情绪。

这种感情纠纷最让人头疼了,管多管少都是麻烦。我只能把两人隔离开,一个坐在警务室里,一个坐在走廊里,各自对着白墙消磨时间,盼望着他们谁挂不住了服个软,我也就解脱了。

俩人比较般配的一点是,倾诉欲都极强,拽着我没完没了地说话。

我才知道他俩是因为一场电影吵的架。当时有个超级英雄系列的电影刚上映,女孩子说一直想看IMAX(巨幕电影)的,男孩就说今天带她看,俩人约在我们地铁站见面,女孩问男孩"你票订好了吗",男孩说"不着急,到了再买吧"。

结果一刷手机,发现凌晨场次都满座了。女孩原地爆炸。

我打圆场说:"不就一场电影吗?不至于,又不是什么原则问题。"

这就算是把女孩的话匣子打开了,她跟我吐槽了二十分钟,说了男孩很多类似的无脑举动。我印象特别深的是一件过生日的事。男孩明明知道女孩的生日,而且知道她过阴历生日,结果日子到了,他却把这件事完全抛在脑后。女孩事后问他,他就说:"哎呀,我过惯了阳历的,以为你也过阳历的。"结果到了女孩的阳历生日,他又忘了。女孩再问他,他竟然一脸无辜地说:"你不是只过阴历生日吗?"

我实在没忍住笑出了声。

女孩还说,但凡她身子不舒服,告诉他时,他永远是一句话:多喝热水。

感冒了,多喝热水。

中暑了,多喝热水。

连新买的鞋把脚磨破了都让她多喝热水……

她讲到这里我发现了问题的古怪,男孩既然如此大条,他俩是怎么好上的?但现在这么问,好像并不利于解决问题。

我想也别跟她聊了,回头越说越气,场面又失控了。于是我想着去找男孩让他哄她两句。结果男孩自己还委屈着呢,觉得是对方得理不饶人。他说:"为什么总跟这些鸡毛蒜皮较劲?难道我不在乎她吗?我是最在乎她的人了。"

他也跟我讲了一件事,说的大概是两人还没在一起时,有一回女孩跟他说晚上她和同事去吃饭,结果那天傍晚下了场特别特别大的雪,很多路都封了,也有很多车辆出了事故。而就在这时,女孩失联了。诡异的是,和她一起去吃饭的同事也一并失联了。男孩就慌了,以为她出车祸了,联系了所有俩人共同认识的人,甚至还去交警队查报案信息。

其实女孩和同事是临时起意去公司附近泡温泉了，泡完出来一看手机，好家伙，二百多个未接来电。

虽然……不那么浪漫，但还是能感受到真情实意的。女孩因此没多久就答应了男孩的追求。

不过现在的女孩满目哀怨地坐在我面前，捋着刚刚因为吵架而纷乱的头发，叹着气说："我承认他很在乎我，'在乎'这种东西也确实重要，但您琢磨琢磨，这不也是两人关系的基础吗？没这个还谈什么感情？感情里又怎么可以只有这个呢？一个人如果只有到了生死关头才能感受到爱情的存在，多可怕。"

我当时表面不露声色，实际心里大大地"哇"了一下。看来感情的磕绊，真的能打磨出智慧啊。

我们有没有意识到，在一段亲密关系中，"在乎"其实是一个大局，"关心"才是能长久撑起这段关系的无数节点？很多人混淆了这两样东西，从而令另一半叫苦不迭甚至心灰意冷。

他渴望在举棋不定时迎上你鼓励的目光，渴望在彷徨无助时搭上你温暖的掌心，渴望在结束了一天的"社畜"生活，疲惫不堪地走出公司时，看见能点亮整个街角的你的身影。

关怀会是烈日里带气儿的冰镇苏打水，随着嘴里泡泡的飞速炸裂，让我们酣畅淋漓地解渴又解压；也会是冰天雪地里的一捧火，让我们一边解冻浑身的寒骨，一边欣赏那层次分明的光。

但绝不仅仅是那句："关键时刻我会在你身边哟。"

爱情是股透明的磁场，你需要做的，就是让它具象起来，有着像在春风暖阳之下，伸手可及的如同小动物皮毛般连绵又软滑的触感，不期然地抚一抚，能让人情不自禁偷偷发笑的那种。

捡瓶子的老夫妻

我们地铁站广场上有一对经常捡饮料瓶的老夫妻。

除了瓶瓶罐罐,他们还喜欢那种硕大的、厚实的快递盒,尽管地铁站并不多,但每次也能鬼使神差地搜罗到一些。收工的时候,老爷子弓腰蹬车,老太太蹲坐在车斗里,逆着进站的人潮,像一只穿行在水草中的小蝌蚪,钻着游着就没影儿了。

没人会留意到他们的存在。

我是怎么注意到的呢?是因为有一天我忽然发现老爷子脑袋上戴了一只很眼熟的棒球帽。帽子是蔚蓝色的,上面"MLB"三个荧光大字母赫然醒目,在老爷子皱巴巴的脸上很有喜剧效果,好像下一秒他就会像短视频段子里那样,忽然做出一些搞笑动作。

我恍惚了两秒,想起这好像是我头天扔在垃圾桶里的那顶帽子啊。我戴了它两年,最近不小心把后面的卡扣扯坏了,就随手丢在了站外的垃圾桶里。为了进一步确认,我还佯装无事地走到老爷子身后偷瞄了两眼,果然发现卡扣那儿被细密地织上了针线。

从那之后,再扔一些饮料瓶子或是快递盒子时,我会先出门打量一眼两个老人在没在地铁站,如果在,就顺手把东西给他们。老两口乐不可支,见我时不时地还要把盒子上的地址标签撕掉,他们还很仗义地替我代劳。

一来二去,我也发现了他们"作业"的规律:一般午后过来,在车站周围逛荡一圈,看看垃圾桶,翻找一下可能藏污纳垢的犄角旮旯,离去后晚上再来溜达一圈。

其实地铁站并没有那么多的废品,再加上有固定人员收拾打扫,所以他们每次的收获并不丰厚,小车斗里经常只有零零散散的几个饮料瓶,伴随着老爷子不那么靠谱的车技,在老太太脚下可怜兮兮地叮咚作响。

有一回我和老太太聊,说"这一来二去的,您也捡不到几个瓶子,卖不了几个钱,干吗这么折腾呀"。

老太太瞟着不远处抽烟的老爷子,悄咪咪地跟我倒起了苦水。我才知道俩人其实就住在不远处的老小区里,有退休金,不靠这个糊口。但俩人都是闲不住的人,年轻时喜欢跳舞、打麻将,住平房时还在小院里种菜,特别能自得其乐。刚退休时,他们骑着三轮车到颐和园唱歌,到小河沟钓鱼,乐和了一阵,直到腿脚慢慢不行,活动范围越来越小。

孩子也不在身边,他们老得越发快了。有一天,老太太发现老爷子跟楼下的垃圾较上了劲。他听说纸箱和水瓶能卖钱,就想跟风收一些,不指着发财,就是想给自己找点儿事做。但他们小区各大垃圾点早就被一些收废品的大爷大妈霸占,能卖钱的垃圾往往刚被拎过去就被哄抢一空。经常有人因此把垃圾桶翻得一片狼藉,堪称老人圈儿里最"卷"的行当。

老爷子生气,跟那些人理论过两次,气得眼珠瞪得像鱼泡,甲状腺都鼓起来了。老太太心疼,就劝他:"干啥非要捡垃圾呀,又不是活不下去?"老爷子就说:"那你说我天天在家干啥,凭啥他们能生龙活虎地卖废品,我就得在家混吃等死?"

老太太心想,好家伙,都上升到生死层面了,这是要出大事呀。她就跟老爷子说:"走,咱们上别处捡去,不跟他们搅和!"老爷子问:"哪儿还能捡啊?"老太太说:"旁边不是有个地铁站嘛,咱们上那儿!"老头一听,眼睛都放光了:"走!"

于是他们就天天来了。

老太太扬扬自得地看着我,我发笑地说:"行,也挺好。那您可嘱咐老爷子骑车注意安全呀。"

老太太肩膀一抖:"哟,你还别小看他,我们刚结婚时南城有个菜场晚上是舞场,他天天骑车带我过去,迪斯科跳得一身大汗回来骑得还溜着哪。"

我比了个大拇指。

"哎,差不多行了,一会儿还下雨哪!"老太太吼老爷子。

"来了来了。"老爷子掐灭烟,颠颠地回来,带着老伴儿和一车不怎么满载的胜利果实晃晃荡荡地消失在马路上。

嘿,你看,爱情其实也挺简单的,就是年轻时你陪我蹦蹦嚓嚓跳霹雳,年老时我陪你溜溜达达捡垃圾。

美滋滋的。

我该如何称呼你呢

我最近发现一个社交怪象,就是在目前的流行语境下,陌生的年轻人之间好像缺乏一个妥帖又上口的称呼词。

之所以这样想,是因为我在工作中经常被乘客搭讪,年纪大的人会很自然地叫我"小伙子",而与我年纪相仿的人就比较别扭了,他们往往会把称谓换作问候语,飞快地引出要表达的内容。

比如我之前碰到一个年轻女事主,看得出来她很注重礼貌,但似乎实在是对我找不出一个合适的称谓,以至于处理问题的几个小时中,但凡她要主动和我交流,都会先道一声:"你好。"

"你好,事情经过我写好了。"

"你好,可以帮我续一杯水吗?"

"你好,我出去打一个电话。"

哪怕我们已经沟通得足够深入,她在招呼我时依然坚称"你好"。

说实话,主观上我并不会有什么不适,除了隐隐有种客气过头了的感觉。但潜意识是不会骗人的，客套的氛围一旦起来，互相的边界感便格外突兀。

有个小伙子带给我的这种体验更为强烈。我能感受到他发自内心的真诚，也能看到他在这方面避之不及的困扰。每每他想要跟我搭话，就一定会走到我的视线之内开腔，这样才能比较自然地建立起新的交流。而如果当时我在和别人说话，或者在忙别的事，他就会绕到我的眼前，挥挥手让我注意到他，跳过叫称呼的环节，看似顺理成章地开口。以至于整个相处过程中，他一直随着我的视野调整行动路线，看起来挺累的。

我对此也有所反思，是不是因为自己没有及时自我介绍，从而给事主添了这种麻烦呢？于是后来但凡想得起来，我都会首先跟对方提一句：这事我来处理，我姓马。

很多时候仍然事与愿违。一次一位明显年长于我的男乘客在交流过程中反复叫我"警察叔叔"，令我惶恐而又有愧，便在事情解决之后不吐不快地跟他闲聊，说："您不用这么客气的，我都告诉您我姓马了，您叫我马警官或者小马都可以的。"

他笑着挠挠头："不瞒你说，忙了半天这事，我早就忘了你姓什么了，又不好意思再问。"

唉，人生啊……

但是话说回来，我发现自己有时也会陷入这种"称呼荒"的困境。有一次我坐地铁想向不远处的一位年轻女站务员问路，因为此前已经注意到这种社交细节，就想着自己一定要加以避免。但打脸的是，直到我走到她跟前也没有找到合适的称谓。

人家年纪轻轻，叫"姐""大姐"肯定不合适，自己吃亏在其次，主要是容易拉仇恨；反过来叫"妹子""美女"也不妥，略显轻浮；

直接叫"站务员"似乎有些拿大的失礼；规规矩矩地叫"女士"吧，人家说不定会以为我是怪叔叔。

确实很难啊。

最后我也沦为自己所不解的那一类人："您好，麻烦跟您打听一下啊……"

后来我在知乎上看过一个段子，讲的是一个人第一次坐飞机，想跟空姐要杯水喝，但他搜肠刮肚也想不出到底应该称呼空姐什么，最后实在没办法，叫了空姐一声："师傅！"

笑过之后我就想，这会不会就是很多人社恐的触发点呢？当一场平平无奇的交流受限于打招呼的迷茫时，我们从头到脚都会飘起一股缺乏自信又无计可施的尴尬。而网络发展了这么多年，除了在营销活动中造出了一些矫揉造作的称呼词，还真没有演化出在不失礼仪的同时，又特别符合年轻人社交潮流的称谓。

再一想，有多少花样年华的男女，可能就是因为初见时的一句蹩脚称呼而断送了美好姻缘，我就隐隐地心痛呢。

地铁民警的精神内耗

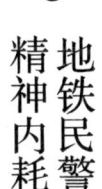

一次我带一个事主到医院检查身体时,发现她怀孕了。

她自己也很意外。她离异,有个三岁的孩子跟前夫在老家生活。她告诉我,虽然跟前夫离了婚,但他们基本还是生活在一起,以孩子的名义。一年里她多数时间都在北京工作,但每逢节假日都回老家去和他们相会。她和前夫便成了一种很奇怪的"名亡实存"的夫妻状态。

她看我有点儿惊讶,解释说没办法,孩子太小,自己放不下,也想不到有什么好的办法。

回去的路上,我俩一路无话。

我想到了很多问题:他们为什么离婚?既然现在能为了孩子勉强在一起,为什么不复婚?这样的生活,就算对孩子是一种交代,那对她自己呢?

听我这样疑惑,她摇摇头,欲说还休:"这事就说来话长了,对我来说，复婚有可能还得闹到离的地步，反而是这样没有顾虑，凑合过吧。"

"你们经常吵架啊？"

"对，以前没离时一吵架我就会想，离了算了，现在一想，这不已经离了嘛，反倒没那么气了。"

至于别的，她不愿多说，我也没有追问。

事情结束后，我送她回住处，到了某个路边，她说："您就把我放在这里吧，我自己能回去了。"非常大的立交桥下，夜风阵阵，车声呼啸，在她瘦小的身影下车的一瞬，我脑子里忽然闪出个念头：也许她和前夫要的，只是那种在彼此伤透之后，不要再被任何责任义务束缚，随时都能挥手说再见的无所谓吧？

这个想法不一定对，也可能不是答案的全部，但绝对是最残忍的可能性。即使是没经历过的人，例如我，对这种痛仿佛也能触手可及。尤其是当我想到她肚子里那个未出世的孩子的命运时，心里就更是难以平静。

好像中了一种难以摆脱的魔咒，我总在之前的各种细节中盘旋。她回答问题时的遮掩，给前夫打电话时谨慎的姿态，知道自己怀孕时那种微妙的表情，看起来并无波澜，却把我拉进了一片前途未卜的迷雾。虽然她只是一个陌生人，却和我真真切切地对视过、来言去语地对话过，那种近距离的存在感，真实得让我有些窒息。

扑面而来的悲情。

而她并不算我见过的最悲惨的人。作为一个基层工作者，我见过很多令人落泪的真实故事。尤其是那些被救助的人，有的贫穷，有的古怪，有的因好吃懒做导致一贫如洗，有的和家里闹了矛盾从此老死不相往来。他们其中很多人都年纪轻轻却满脸皱纹，身上散发着刺鼻的味道。但这些人都有着显著的特征：不愿意跟你谈论往事。我送他们回家或是去救助中心时往往都在深夜，可以从后视镜中看到他们深沉注目着夜色的表情。这时我就会在驾驶座上编织他们困苦潦倒的人生，寻思他们到底为何沦落至此。这导致我每次救助了这些人之后晚上都一定失眠。

从警十年来，我从以前一个沾枕头就着的人变成了一个严重的失眠患者。看医生时人家都笑："小伙子家家的成天是不是瞎琢磨事？干什么工作的呀？"

我说："警察。"

医生特小声地跟我说："其实我也失眠，也是从你这岁数开始的。"

后来我才慢慢意识到我有一个很严重的问题，就是总爱拿着显微镜去寻找痛苦。我仿佛从小就这样，在路上看到骑着三轮车的体力劳动者，都会强行地代入对方"凄惨"的身世，从而衍生出一种失调的悲悯。等到人家都一溜烟从眼前消失了，我仍很难再欢愉起来。

这是一种很容易和善良混淆的糟糕情绪。说它不是善良，是因为它并没有什么能动性，唯一的效果就是让自己低落。这种情绪是怎么出来的呢？我觉得还是来源于一种在生活的不自信中滋生的虚无感。当有些难过的事刚刚现形时，我就想要迫不及待地描摹它们的形状，好像只有看到全貌，心里才能踏实一些。

有人告诉我，这其实就是同理心，它比同情心的强度更甚，会让人无限接近并感受到对方的情绪。但我也会奇怪，有时候走在路边，看见一家人和和美美地欢笑，孩子们充满童趣地奔跑，白头偕老的夫妻相互搀扶，我的内心却毫无触动。这些快乐明明也是别人的情绪，我怎么就无法与他们共享呢？

想想对自己也挺不公平的。

现在我经常劝自己，还是要多发现身边的美好。毕竟我们干预不了别人的选择，那些愁苦于我们而言也是无法撼动的人生。如果心有悲悯，就多做善事，但大可不必因此陷入无边无际的恻隐和悲伤，这除了反复给自己带来内耗，一无所用。

如果真的停不下思考，就试试敞开胸怀，用体会痛苦数倍的能力，去感受别人的快乐吧。

刚刚离职的乘客

我们站有乘客捡到了一张身份证交到我这里，后来联系了失主来取，是个小伙子，跟我说自己当天刚提的离职，从公司出来后到地铁站附近做核酸，不小心把身份证弄丢了。

看得出来当天他心情不错，我们就顺势聊了几句他离职的事情。他告诉我他一毕业就通过校招进入了某大厂工作，上班之后，他就成为大家眼中名副其实的"卷王"。他无暇恋爱，在五环外租了房子，每天都加班到深夜。后来他知道公司规定晚上十一点下班之后翌日可以晚到一小时，又刻意熬到凌晨才离开工位，只为了第二天早上能够多睡会儿。

之所以这样，是因为自己睡得实在是太晚了。在公司忙了一天，属于自己的时间实际上只有晚上的几小时，因为没有对象，他总是空虚寂寞得无法入眠，常常是刷手机刷到两三点都毫无困意。后来他渐渐习惯了这种紊乱的作息，再加上有身体本钱，收入也慢慢变得可观，就更加无所顾忌了。

这样的日子持续了将近三年。我问他是不是身体吃不消了，他说那倒还好，除了有时候会失眠，但大抵还是扛得住的。要说哪里感到了不对头，就是觉得自己的各种欲望好像都在降低，兴奋阈值也低了很多。自己的存款从五位数升到了六位数，却没什么购买欲，连休息时点个外卖都懒得精挑细选。最近一段时间自己最多的消费就是给手游充钱，而且每次充完之后都有强烈的罪恶感。后来他也劝自己，就算是在这种看似劳碌紧张、实则空虚满怀的生活中，给自己找一份精神愉悦吧。

前两个月疫情平稳了些，他回了一次老家。他们老家附近有座大山，很多村民会上山去采野生灵芝。他和村里的好几个玩伴许久未见，就一起到山上采灵芝玩。但是冒着酷暑爬了大半座山，他们灵芝没采到一枚，还被蚊虫叮咬得满身瘙痒。叫苦不迭之际，几个伙伴见山脚下有座水塘，直接把全身脱得就剩一个小裤衩，跳进了塘里。一开始他还扭捏着不愿跟风，但看见他们在水里玩得那样欢畅，自己按捺不住，也跳下了水。

"那种感觉太爽了。"他坐在椅子上，满脸通红地跟我叙述着当时的感受，他好多年没那么舒服过了，感觉浑身每一个毛孔都被治愈了。

回到北京再次投入到昏天黑地的工作后，他总是忘不掉在老家水塘里的那股快感。再加上公司里产品线调整，个人任务层层加码，他思前想后，毅然提出了离职。

"也没啥说得出来的具体原因，就是想让自己歇歇，以前觉得辞职是一件特可怕的事，辛苦不都白费了吗？但真动了这个念头后才发现，除了自己压根没人强迫我必须过这种生活。"

我忽然想到《心灵奇旅》演绎的那段故事：当男主乔被困于自己实现梦想而又得不到精神上的满足，浑浑噩噩的模式化生活中时，那个一直游荡在天外的灵魂22钻进了他的身体，然后22发现，乔在人间所经历的一切，其实都是那么美妙动人，哪怕是秋风卷起落叶，都能带给他莫大的沉醉。这是因为22从没来到过人间，他不知道"spark（火花）"对一个人而言，是多么有魔力般鼓舞人心的存在。而讽刺的是，乔在世间行走多年，却也被执念蒙住了双眼，再也看不见这种东西。

spark可能就是我遇到的这个小伙子说的那样，是在你浑身燥热之际跳进水塘的一瞬间，那种久违的透心凉的舒服，那种和金钱与地位无关，真真正正能体会到自己鲜活生命力的惊喜吧。

还有什么能比这些更重要呢？

母亲走后

我的一位朋友，跟我讲述过母亲离世后自己是怎样走出来的。

当时老人家是脑梗死，之前还有过预兆，比如偶尔的眩晕和视力不清，但朋友和家人都没有太当回事，只以为是轻微的糖尿病并发症，想着等空闲下来带她去医院检查一下。没想到病情恶化得很快，下午发病，第二天早上人就没了。

朋友当时整个人是蒙的，在ICU（重症监护治疗病房）门口怎么也领会不了"病故"的含义。大哭一场之后，她甚至完全不记得后来怎样走完的医院手续。恢复记忆时已经是两天后的葬礼上，她捧着母亲的遗像，在一众亲友的簇拥下，看着装有那个陪伴了自己三十年的身体的棺材，从传送带上默然无声地钻进火炉。

办完丧事后她陷入了空前的混沌和虚无。一方面后悔莫及，认为是自己的麻痹大意耽误了母亲；另一方面她忽然痛恨起父亲来，只是因为他在整个过程中，并没有自己想象的那样悲怆动情。按理说他们几十年的夫妻，生离死别起来应该惊天动地才对，但他没有。他的克制、冷静和接受像是潜藏已久的凉薄，强塞给了绝境中的她一份雪上加霜的孤独。

为了缓解愧疚，她辞去了繁忙的工作；为了表明立场，她和父亲陷入了长久的冷战。但这些并不能填充母亲在生活中留下的一大片空白，每当她在家时，听到管道里有水声，就会觉得是母亲在卫生间涮墩布；听见门外有脚步声，就会觉得是母亲拖着蔬菜瓜果在爬楼。微信里和母亲的每条聊天记录她都舍不得删，但又从不敢仔细翻看。因为母亲的每条语音都很长，而她总是回复得言简意赅。

最严重的时候，她甚至开始被幻想支配。在任何场合中，她几乎都能必然地联想到母亲。有一次在菜场买菜，看着摊位上的长茄子与圆茄子，她想起母亲曾经告诉她，烧茄子要用圆茄子，更容易入味。想着想着，她就在一众挑挑拣拣的人群中泪流满面起来。

这些细节，都让她像被凌迟一样，痛苦得刀刀见肉，看不到解脱之日。更为迷茫的是，她觉得自己也失去了未来，不知道接下来该怎么去生活。

她想到了逃离，关闭了朋友圈、微博，去另一座陌生的城市生活了整整一年，租了房子，每天只靠积蓄度日，偶尔做一些兼职。曾经恋栈的职位、觊觎的薪酬，早就成了破碎的泡影，执念消失之后她虽然轻松，面对的却是更加一塌糊涂的现状。那时候的她也逐渐明白，原来一个人梦想的基本盘，根本不是锋芒毕露的才华和雄厚的资本，而是稳固的家庭。

母亲忌日的时候她回来给母亲扫墓，看见父亲老了很多，说话也没了往日的从容，总是前言不搭后语，来来回回很容易忘事。她担心这是阿尔茨海默病的前兆，带他去检查也得不出明确的诊断。

从医院出来,她和他在小饭馆里吃午饭,看着他大口往嘴里输送馄饨,心里死去的一大半竟开始慢慢复活。怎么说呢,真的没有必要把原本一份的悲伤切割成两份,各自承受,分头蹉跎。

回来之后她争取让自己变得忙碌起来。重新找工作,给家里装修,带父亲去医院复查,每当脑子里母亲的身影要投射进现实,她就一定要着手去做事。新入职的手忙脚乱,装修过程中的殚精竭虑,挂号就医的周而复始,慢慢像俄罗斯方块那样填充进曾经支离错乱的缺口。新的生活模式之所以能够建立,除了自己走投无路的选择,更多的是来自时间对记忆的打磨,以及人与生俱来的韧性。

跟我聊这些时距离她母亲过世已经整整三年。我曾经知道这件事,但从不敢主动提起。我很惊讶她能够这样坦诚地与我聊这么多,联想到那是件多么令人沉痛的事,我真的对她肃然起敬。

然而现在想想,这不是我们每个人都要经历的事情吗?也许生活中的强者,并不是要战胜多少对手,取得怎样耀眼的战绩,无非就是在命运的洪流中,抵受住磕磕绊绊,忘掉那些不怎么美好的风景,走好自己的路罢了。

死亡对逝者而言是句号,对宇宙而言,终究只是亿万个体中的一个结点。对于活着的人,它最大的意义可能就在于,告诉我们离去本身并不可怕,可怕的是,我们有没有必要耗尽一生的心力,去对抗它所带来的虚无。

执念背后

我处理过这样一件事,当时我正在站里执勤,有位阿姨找到我,说站里有个保安取笑她,让我把这个人找出来给她赔礼道歉。

我一打听原来是这么回事:阿姨一个礼拜之前进站准备乘车,在查看线路图时,可能口罩没有佩戴好,旁边的保安上前提醒了她。她调整好口罩之后,发现那个保安似乎在和身边的同事窃笑,搞得她莫名其妙。她刚要上前质问,两个人好像察觉到了她的不满,扭头走了。

就是这么一件小事,阿姨却一直不能释怀,直到今天又途经我们地铁站,拉着我给她评理。

我有点儿无语,问她:"您觉得他在笑您?"

"应该是,旁边也没有别人啊。"她语速飞快,而且一说就是一大套,反复形容当时自己迷惑又无助的情景,令我根本没法插话。

我仍是一头雾水:"那您觉得他在笑您什么呢?"

她摊手："所以我让你把他找出来，我要当面问问他呀！"

我心想，这也太敏感了吧，何况事情都过去了一周，怎么就能为这种小事牵肠挂肚呢？于是我判定她是一个特别不好惹的人，言语间也不敢表露出任何不解了。

我先找了保安队长，问他一周之前当值的保安中有没有处理这件事的人。对方问了一圈，说没人记得这件事。我又问阿姨还记不记得那个"嘲笑"她的保安的特征，阿姨只说了对方是男性，不胖不瘦，至于长相，因为戴着口罩和帽子，她完全不记得了。

我带她到站里溜达了一圈，见了各个保安和其他工作人员，她也说不出到底谁是那天的当事人。

回到警务室，阿姨依然耿耿于怀地不想走，坐在椅子上反复跟我形容当时那个保安形同做贼一般的讪笑，这一说，又是将近二十分钟。

我多少有些乏了，觉得她实在是小题大做了，这很可能就是一个误会，便说："我觉得吧，您就是有些想多了，像您所说的，您也没干什么，他们为什么要笑话您？肯定跟您没有关系呀！"

"肯定有，我要是给他拍个照片就好了，当时给忘了。"她死死盯着地面，万分笃定地说。

没办法，我只能陪着她在警务室里闲聊。以我之见，她最近一定是心情烦躁，所以才对这种小事如此挂怀。果不其然，她告诉我，她前一阵骑电动车出了车祸，自己受了伤不说，还因为请假的事跟领导起了争执，被穿了小鞋。她是一家宾馆的服务员，平时负责收拾客房，因为腿脚不便请了两周假，假满后经理直接给她调到厨房洗菜帮厨去了。

说到这里，她愤懑地叹了口气，欲言又止。

我有些明白了,于是劝她:"您也别因为这些事精神太过敏感,别影响正常生活。"

她摇摇头,泄气地说:"得了,让你看看吧。"说着她把脸上的口罩往下拉了拉,露出右侧脸颊上的一块醒目的疤痕:"上周还没拆线呢,黑线缝的,实在太热,我就把纱布摘了,心想反正有口罩挡着,没想到还是被人看到了。"

啊,原来是这样……

但我还是劝了劝她,跟她说事情可能不是她想的那样。聊了半天,她情绪也缓和很多,最后见时候不早了,也不想再继续耗费时间了,给自己找台阶下地说了句:"你说的有的话也没毛病,也可能是我想太多吧,最近实在是太背了,碰见一点儿事就烦得不行。"

然后她就走了,出门的时候,我发现她的右脚果然有些跛。

之前我怎么就没发现呢?

她走后我就想,其实有时候我处理问题也会存在旁观者的狭隘,看到一个人很执着地纠结于一件小事,就会过分强调客观本身,判定此人肯定是情绪冲动甚至是习性使然。但殊不知,很多执念的背后,其实有一些我没经历过、也没理解到的因果。没谁能够一眼洞穿人心底的最深处,在那里,藏着太多的不想为人知的隐秘,而这些东西,一定存在一个源头。

所谓释怀,就是多多看向自己疑问的过往,把自己代入进去,去寻找一份解答吧。

偏心

我处理过一起纠纷,一个姑娘在车厢里打电话太大声,和一个指责她的乘客吵了起来。矛盾化解后,打电话的姑娘表达了歉意,我就和她多聊了一会儿。

我问她:"当时是给谁打电话呢?是有什么急事吗?"

她叹气:"咳,没控制住情绪,是给家里。"

"和家人吵架吗?"

她点点头,又很快摇头:"其实我和他们一直是这样,不管是什么事,说不了几句就会起急。"

"有矛盾吗?"

"怎么说呢,挺复杂的。"

见她欲言又止,我就准备结束谈话。但也许是情绪已经积累到了临界点想要抒发一番,她便又支支吾吾地跟我讲述了自己的事情。

她说她有一个小自己三岁的弟弟,两人是一起玩到大的。在十岁以前，姐弟俩一直在父母的呵护下快乐成长，然而当她快到青春期，或者说是心智渐渐走向成熟的时候，她开始留意到了社会上很多关于重男轻女的传闻。一开始是电视上、网络中，后来自己身边的朋友也多有谈及。她的一位好姐妹就总跟她哭诉自己在家中遭遇的不公正待遇，导致有着相似原生家庭环境的她，心里也慢慢绷起了这根弦。

令她倍感难过的是，她发现这种情况在自己家中真的有迹可循。虽然从父母对于她和弟弟的物质以及各类资源的配给上看不出太大区别，但他们平日里对待弟弟明显更加宽容一些，在平时的教育和交流中似乎也比对她更有耐心。虽然这种差别其实比那些重男轻女问题严重的家庭小很多，也并未太影响她的生活，但疑虑的种子一旦种下，就注定会在心里盘根错节地生长。

父母的这种区别对待，很多时候都相当暧昧。有时候是顾念弟弟小，有时候又会巧妙地淡化事件本身。比如她记得当母亲打扫卫生时，她和弟弟都会在还未干透的地上跑出一地的脚印，对于她，母亲可能会不留情面地责骂一通，对于弟弟则只是把他轰到楼下去玩，然后又不动声色地重新劳作。

一旦活在这种主观论定的背景中，人也会变得日益敏感。哪怕日常生活中她和弟弟的吃穿用度都一样，哪怕父母彰显出了一视同仁，但她总会下意识地扫描对方身上各种双标的异状。

后来终于让她抓到证据。她有次晚上起夜，意外听见父亲和弟弟的谈话。大意是弟弟中考成绩离重点中学差了两分，需要交几万块的赞助费才能上，父母同意出这笔钱，但要瞒着她这个姐姐，因为当年她也面临这个问题，结果只是退而求其次上了第二志愿。

她很愤怒，直截了当地质问父母，但他们仍旧有这样那样的理由。比如弟弟一贯学习不好，这次超常发挥才够到好学校的门槛，如果不抓住机会可能耽误一生；当年家中经济条件不好，没实力帮她实现梦想；等等。

落实心中的怀疑之后，她哭过闹过，但并未拨动父母情感的天平。父母对她能做的，也只是在各种偏心的细节上更加隐蔽一些。他们变得和她一样察言观色，一样谨言慎行，甚至在她看来，连起码的照顾她的情绪都算不上，顶多算是不想落人口实罢了。

说到最后，她苦笑道："大家觉得重男轻女的家庭都跟电视剧《都挺好》里面一样，爹妈明目张胆地溺爱儿子，其实像我这种表面装样子的更可悲，因为到底怎么回事你心里全知道，还得看他们佯装无事地演戏。"

我一时不知该说什么。这种秘而不宣的怨念，听起来真的要比明刀明枪的仇恨更加折磨人心。也许爱真的不能被比较吧，即便是成长的过程中我们衣食无忧，有着和小伙伴们相差无几的少年青葱，但一想到自己并不是家中那个最被爱着的人，心中还是避之不及地灌满失落。

"所以你恨他们吗？"

她想了想："没有，毕竟刨去我弟弟的因素，他们也没有对我不好过。这一点我还是比苏明玉[①]强太多了。"

"哈哈。"

"所以说很复杂嘛。"

过了会儿，她又补充道："但有时候就是不甘心，想小小地报复他们一下，但我只有一对父母，我想对别人好刺激刺激他们都找不

[①] 苏明玉：电视剧《都挺好》中的主角。

到对象。"

"以后还会有公婆呢。"我逗她。

"能一样吗?那可是亲爸亲妈!"她明显不爱听了。

我俩对视了一秒,又不期然地笑了。

融不进去的圈子

曾经有一位刚刚离职的事主向我表达过这样一种困惑：自己明明已经对某个人付出了足够的真心，却始终走不进对方的圈子里。

她说自己其实打小就有点儿讨好型人格，可能是出于不自信，也可能是一直有种抱大腿就能够走捷径的想法，所以无论处于什么环境下，都想获得强者的青睐。

刚刚工作时她遇到了一个手把手带她的小组长，对方在她看来是很优秀的职场女性，年纪轻轻谈吐不凡，在行业内很有人脉和资源，业绩拔群的同时，人缘也很好，身边总是拥趸环绕，说出的每一句话都很有分量。

于是我这位事主一直把对方当作指路明灯，对她掏心掏肺关爱有加。种种迹象也表明，这个人值得如此付出。小组长一直品行端正，从没因为她是姿态放得很低的新手就仗势欺人，相反对于她的反复示好也表现得很有风度。比如她有时候会在家烤一些饼干带给小组长，过不了几日对方就会拿一些零食当作回礼。又比如某日看到对方身体不适，她在办公室下单买药给对方，对方也会坚持转账还钱。

两人渐渐熟络后，她也会跟小组长吐槽一些自己生活上的事。比如家庭，比如感情。小组长作为过来人，对她一直知无不言。有那么一阵她和自己男友感情上出现问题，就是小组长一直宽慰安抚她，甚至愿意聆听她在深夜电话里的哭诉。问题解决后，她还以感谢为由，像模像样地请对方吃了顿饭，由此还有些不着边际地想，自己也算是因祸得福，否则和小组长的关系也不会迈上一个新台阶。

但现实中迎接她的是更多的谜思。她越发觉得哪怕自己已经做得足够真诚，却还是没能和对方延展出工作之外的关系。一些好的项目对方没有邀请自己加入，一些产品线的调整对方也没有像对待那些真正的死党那样，提前向自己透露风声。

真正让她心态有些崩的是，前一阵听闻小组长搬迁新居，她特意买了一套上好的床上用品准备庆贺一番，但等这个话题很久没人提起了她才知道，小组长早就邀请了要好的同事们去她新家参观并吃了大餐，而她是周围人中少数没有被邀请的人之一。她万般失落，脑子里不停对比自己和那些被邀请人之间的区别，比如在公司里的资历、路途的远近、工作上对小组长的助力等，匪夷所思，反复无果。最后她不得不承认，如果不是客观原因，只可能是出自人家的主观意愿。

她做了那么多，始终无法在对方心中争取一个位置。而这些烦恼难以下咽之处就在于，小组长从来没有堂而皇之地怠慢过她，工作中小组长总是充满事务性地公正，私下里也没有肆意践踏她的好意。她们之间没有任何引发对立的龃龉，只不过是从来没有"要好"

而已。而这种游走在合理社交范围内捉摸不定又赫然可见的无视，似乎是最让人无奈的。

后来她被迷惑和愤懑反复折磨，干脆就离职了。

我听得有点儿窒息，问她："为什么一定要跟她做好朋友呢？就是一份工作而已啊。"

她想了想说："我也不知道为什么就陷进去了，可能是她太不拿我当回事了，我有点儿接受不了。"

我有一句不敢说出来的总结，就是：她可能在对方身上，始终找不到自己的价值，从而产生了一些妄自菲薄的怨念吧。

所以我认为真正舒适的社交，便是不要从别人的各种反应中捕捉和拼凑自己的形象。我们之所以总是依赖于一段关系，是因为我们在虚无中陷入迷茫，想要依托别人的反馈刷新自己的存在价值。但我们要知道，别人永远是别人，别人的思想高度和受到的利益驱使，永远是我们不可控的，所以当我们得不到想要的反馈时，就必然会失落和焦虑，从而反噬这段关系。

而且当我们自以为最大程度地在他人身上细致入微时，并不一定就能收获好感。就像电影《实习生》中，安妮·海瑟薇饰演的老板在看到自己的司机过度热情洋溢之时，表面上感动赞许，其实背地里则偷偷发短信想要把他调离。因为在她心里，边界感比热情更重要。

其实说到底，所有的关系到最后都是相识一场。仅仅如此，而已。

请保洁阿姨喝茶

我刚上班时,所里有一个保洁阿姨。因为平时大家都很忙,见到阿姨除了点头打个招呼,顶多说一些拜托她收一下垃圾之类的话,很少有额外的交流。但不时地,我发现我们副所长会把她请到屋子里喝茶,闲来无事地聊几句。

最初我以为俩人是老乡,或者阿姨家里遇到了什么困难在求助领导,也就没有过多留意。

有一次和副所长聊天无意间提到这件事,他说:"袁姐(保洁阿姨)啊?人家家里没出事啦,我就是觉得她平时挺不容易的,一直埋头干活,连个说话的人都没有,后来我找她聊了一次天,她就跟我老好了,每回都特别卖力地给我打扫办公室,弄得我都挺不落忍的。"

我说:"哦。"

"其实你在工作中也一样,越是看上去不起眼的普通劳动者,你越要尊重在意人家，当所有人都不把他们当回事时，他们就会特别念你的情，也会竭尽所能地对你好。"

当时年轻气盛的我还把这番教诲当作鸡汤，没有细细品味。直到当了一段时间基层警察后，我才慢慢理解了它的含义。

比如我们地铁站外面原来有个商亭，里面卖水的大爷脾气不大好，有一次和顾客起了争执闹到了派出所。我总上他那里买水，知道他的性格，本着不想招惹的想法没怎么指责他，只是给他倒了杯水，让他到一侧冷静，又赔了无数笑脸哄好了乘客。那天我头一次在大爷脸上见到了惶恐又扭捏的表情，倒的水他也一口都没好意思喝。

打那之后大爷的臭脾气收起好多，我去买水，他脸上也有笑模样了，甚至当地铁站有什么打架斗殴之类的事，我们走访时他还会主动站出来做证。

又比如曾经有一个疏导员大妈，在站厅里被一个逃票还不认罚的乘客推倒，尾椎骨骨折了。我去医院给大妈做笔录，她当时躺在医院的临时病床上，一边打吊瓶一边等着家属和单位领导，看见我先来了，又坐在一个小马扎上一板一眼地给她做笔录，特别感动。其实那个大妈我以前天天能看见，但是连点头之交都算不上，后来她痊愈，每次碰到我准备上站台，肯定一溜烟跑过来帮我开闸机。

现在想想，大爷和大妈为什么这么感激我，可能是在我这儿他们得到了足够的尊重。因为平时给他们这个东西的人太少，所以他们特别珍惜，也想要尽可能地延续这份情意。

后来我把这些经历写出来发在网上，得到了很多读者的共鸣。其中一个网友说，他们小区看门的是个老大爷，他每次开车回家时都会跟大爷打声招呼。有一天晚上他都睡着了，被敲门声惊醒，原来是自己停在路边的车被另一辆车剐了,看门老大爷见到后,死说活说不让对方开走,两方甚至争吵不休。这个网友特感动,在拿到对方赔偿的二百块钱后,还特意买礼品送给了老大爷。

还有一个网友说,自己大学时在外面租房住,平时没事喜欢跟周围烧烤和卖菜的摊贩聊天,有时候大早上碰见摊贩开门,她还会帮忙卸菜。她隔壁住了一个老婆婆,她自己吃不完的饭菜会给对方送过去,一些废纸板和水瓶之类的也会送给婆婆卖钱。于是她再晚回来,夜宵摊的阿姨都会炒饭给她吃,卖菜的阿姨还会送她一些菜叶子去喂兔子,隔壁婆婆也会在下雨天帮她收衣服。

很多劳苦大众之所以劳苦,不仅仅是因为工作的苦累,很多也是因为世俗眼光的漠视。如果你能和别人不一样地去尊重甚至关怀他们,那么你就会给他们留下一个深刻的记忆点,很多人还会想方设法地报答你。不要小看这些回应,虽然他们的工作并不那么"高大上",但一定能融入我们生活的点点滴滴。

所以说努力去尊重身边的底层劳动者,不仅仅是一个人品行的见证,也是一种立竿见影的人情投资。就好比我们为了业绩尊重甚至讨好客户和合作伙伴一样,而后者的回馈率和前者比较起来,想必大家都会心知肚明吧。

其实也不是说要图什么回报,但一个和谐的双赢关系的形成,对任何一方都有不可估量的价值。

身怀利器

早高峰，我处理了一起打架纠纷。事情很简单，俩男乘客在车厢里因为拥挤发生了一点儿口角，其中一个男乘客嘴上吃了亏，下车时越想越气，就追上前去冲对方打了两拳，没想到对方身手敏捷，反而把他控制在地。随后双方被带到警务室处理。

好在没人受伤没影响秩序，俩人冷静下来后也都觉得很没必要，表示希望尽快解决，毕竟还要去上班。所以我提议打人者先和对方好好道个歉，看看能不能争取到谅解。

打人的男乘客听到要让他道歉，便朝我大倒苦水。他说他从来都是一个不善言辞的人，但凡和别人争执起来，自己一定是哑口无言灰头土脸的那个。因此他内心里积累了大量怨气，如果不能发泄出来，就会五内俱焚地难受。今天也是如此，动手的一瞬间，他大脑几乎是一片空白的，哪怕事后回忆起来根本没有必要，他也深深记得那股被愤怒支配的失控感。

我摇摇头:"你这样很危险啊。"

他苦着脸:"可说呢,我也是因为不想和人发生冲突,特意每天提前一个小时就出门坐地铁,就是想着那时候地铁人少,这种概率会小一些,没想到还是碰上了,唉。"

我一时也不知道该怎么评论他这番话,虽然听上去挺通透的,但总是隐隐地觉得哪里不对。想来想去,我给他讲了这样一件事。

我告诉他,多年前我们地铁站里有这样一位男乘客,他当时在车厢里乘车,后腰一直靠在扶手上,导致身边有位女乘客无处扶握,朝他发了两句牢骚。男人自知理亏,但众目睽睽之下又不想认错,便同对方吵了起来。本来随着女人到站下车争执都结束了,但男人觉得很没面子,怎么想怎么窝火,无处排解之际,就鬼使神差地跟着她出了站。

这时他可能都没想好要怎样"扳回一局",碰巧那站门口有个工地,地上散落着几块三合板,本来就情绪上头的他瞅到这些东西登时绷不住了,竟顺手抄起一块板子,追上前去把女乘客的头部砸伤了。

后来男人被我们当场抓获并刑事拘留。审理过程中他追悔莫及,求我们能不能跟对方赔钱了事。但是伤害已经造成,说什么都无济于事了。

听罢,我这位事主吸了一口凉气,他可能暗自庆幸,自己的脚下没有出现那几块很可能改变他命运的三合板。随后,他说他同意道歉。

见我没说话,他又补充了一句:"他的眼镜好像摔坏了,我也可以赔。"

我继续说道:"你以为那件事这样就完了吗?我记得是前年,别的单位的同事来我们派出所调取那个男乘客的违法前科,他又因为这种事被处理了。"

这位事主很是匪夷所思:"怎么还能继续犯这种错呢?"

我说:"所以我想告诉你的是,有些事不能靠逃避。你以为你是躲着那些容易激怒你的人,实际上你是在躲着自己的另一面。没谁能给你营造一个百分百的理想环境,只要你自己情绪不可控,这种事就总会有下一次。"

听罢,他很走心地说了句:"是。"

后来事情比较圆满地解决,俩人谁也没耽误上班。

这两天我上网发现了一句话,叫"身怀利器,杀心自起",意思是,两方争吵不下时,如果一个人身上碰巧带有武器,多半会用它来攻击对方,哪怕这个人平时只是一个手无缚鸡之力的人。和平年代,身怀利器的人少之又少,但其实有一种利器一直遁于我们很多人的怀中,以至于总在世间安然行走的我们自己都不曾发觉,只有在事到临头拔鞘而出时才凛然惊惧于它的凶猛。

那便是,一个人的狂怒。

站台上的母女

上个班值班,深夜我接了一个警,一位老阿姨迷失在站台上,不上车也不出站,似乎无法正常交流。

我赶到现场,发现老人蜷在角落里发呆,身边只有一只布袋子,里面有一块大面包、两瓶水和两件衣服,除此之外别无长物。我们扶她去坐长椅被她拒绝了,至于自己叫什么、从哪儿来、到哪儿去、家人的联系方式等她也说不清楚,可把我愁坏了。

我蹲着跟她聊了会儿,终于问出了她姓甚名谁。但她方言口音很重,且不大会写字,我们连蒙带猜,总算搞清了姓名,然后报给所里查出了她的身份,又找到了她女儿的联系方式。电话打过去,对面的女孩很焦急地告诉我,刚刚她带着母亲下高铁坐地铁,到了我们这站换乘,老人突然在关门的那一刻跑下了车,她现在正在下一站的站台上等车,准备折返回来接她。

我松了一口气,让她务必快点儿过来,要不一会儿地铁该收车了。

过了一会儿,女孩风尘仆仆地过来了。老人见到她似乎安心了许多,两人用方言交流了一会儿,打算乘坐下一班地铁继续赶路回住处。我们一行人陪着她们等到下一趟车,没想到我们之前没有看到的那一幕又重演了,列车进站,老人就跟受到了什么惊吓似的怎么也不上车。女儿大声跟她解释着什么,她却置若罔闻地回到站台上,再次席地而坐,说什么也不起来。

我们都觉得有些奇怪,问女孩到底怎么回事。

女孩这会儿已经精疲力竭,喘着粗气告诉我,老人得了肿瘤,恶性的,需要化疗,她预约了明天肿瘤医院大夫的号,今天特意从老家接她过来看诊。但老人十分抗拒化疗,本来在家已经做通了工作,现在看样子又反悔了。

我问老人,是这样吗?

老人斜着眼皮瞟了眼我,没言语。

女儿苦口婆心地在旁边劝她:"我好不容易约上的号,你来都来了,不去怎么行?现在病床那么紧张,错过了把病耽误了怎么办?"

老人嘟嘟囔囔地说着什么,好像都是一些答非所问的话。我就问女孩,她是不是神志不太清醒啊?女孩说,得病以来,她的精神状况确实不大好,带她去看过精神科医生,诊断说是焦虑症,开了一些药,她也不按时吃。

她现在的矛盾就在于,既想让家人带她把病看好,又不想遭任何类似手术、化疗的痛苦。如果病痛了,或者某段时间没人管她了,她便四处哭诉儿女不给她治病,甚至成宿成宿地给亲戚朋友打电话,为此女孩舅舅都把她手机号拉黑了。

说到此处女孩扭脸问老人:"你跟警察说说,咱出门之前,是谁挨个给村干部打电话,说我们不带你看病,弄得整个村子都沸腾了!"

我听得汗都下来了,劝老人:"您这病想要好,得听医生的啊,要是吃两片药就能好,闺女干吗还费这么大劲带您来这儿啊?"

女儿也说:"你心疼心疼我行不行?我工作都辞了,三天没睡觉了!"

老人仍是不为所动,偶尔絮叨着应付几句话,多数时候还是望着铁轨一声不吭。

我只能又劝她:"您也体谅体谅闺女,现在年轻人压力大,都挺不容易的,怎么看病您就听她的,她不会害您。把病瞧好了,健健康康的不比什么强啊。"

闺女在一边叹道:"她心里明白得很,但就是拧不过性子来,觉得自己生病了谁都欠她的,必须按照她的想法来,否则就是对不起她。"

末班车已过,站里一片寂寥。在我们的不断安抚和劝慰下,领导开车过来,准备把母女二人送回住处。我们一行人浩浩荡荡地陪着她们走到地铁口,一阵冷风扑面,老人猛地停住脚步,女儿也想起什么,从布袋子里掏出一件外套,展开披在她的身上。

马路边,望着警车渐行渐远的影子,我心里五味杂陈。记得曾经看过一部斯琴高娃主演的电影《世界上最疼我的那个人去了》,里面母亲因为病痛的折磨和治疗的艰辛,找各种理由折腾照顾在侧的女儿。女儿不堪重负,几次想要弃她而去,但每次摔门而出不过几个小时,又会拎着大包小包重新出现在病床前。

纵观整个故事,谁也没有失责和背叛亲情,却仍让人看得揪心不已。因为它过于真实地将一个我们几乎每个人都会面临的问题狠狠地推到了眼前，那便是由病痛撕扯出的失控和怨气，是否能被我们自认为坚不可摧的亲密关系溶解与消弭？

也算是人性的考验了吧。相互的。

难过的是，这些令人深陷的撕扯与消耗，却占据了我们本应最最珍贵的告别。想来也是很残酷了。

曾经想要轻生的她

几年前,我有一个亲戚轻生去世了,我一直很难过。后来遇到一个事主,听说她也有轻生经历,不免多聊了几句。

她的轻生念头最早可以追溯到自己高中时期,每次理由也各不相同,无外乎就是学习压力、感情波折、职场焦虑和对生活的妄念等。她也承认自己性格太过敏感,找医生看过,诊断是双相情感障碍。

一开始我还不大相信,因为在我看来她精神状态不错,聊天健谈,举止洒脱,没有任何异样。她解释说:"这病就是这样,有时候会很亢奋,有时候又会莫名其妙地失落,看不到希望的那种。甚至明明什么事都没发生,自己就紧张得不行,跟天要塌下来似的。"

对于那些轻生经历,她说其实每一次都不是到了必须一死的程度。但情绪的膨胀压垮理智后,人最大的反应就是逃离,想一劳永逸地解脱,这样反反复复地瞎琢磨,自然而然就想到了死。如此一来仿佛打开了潘多拉魔盒,那一瞬间,她顿觉所有烦恼烟消云散,世界也从面目可憎变得事不关己，走在路上，所有的景致都幻化成了精美的泡沫，她都懒得去戳一戳。

这可能就是"生"与"死"这两个主题设定的最本质区别。前者充满了太多看不到尽头的接纳与承受，而后者只需要挥挥手不带走一片云彩的决心。

最初她只是依赖于轻生前的那种万物皆空的轻盈，每次坚持不下去了，就一定要找一找这种遁离的快意。然而当她真的想要从操场巨大的看台上跳下去，或者找一根绳子了结时，她又因为这样那样的原因放弃了。

最初是怕疼，后来是不甘心，再后来是不想让家人难过。最后她甚至怀疑自己其实并不是真的想死，而仅仅是想追求临死时潇洒释然的感觉罢了。

我点点头。所以她也未必能了解一个真正因轻生逝去的灵魂的困苦。

她仿佛读出了我的想法，又说："但其实我还是有发言权的。因为当我放弃轻生的时候，每一次，真的是每一次的感觉都特别煎熬。因为那意味着所有苦难又都回到自己身上了，很让人畏惧。"

我心头被重重一敲，想到了自己的那个亲戚。

她又告诉我，她最后一次想到死是在两年前。当时她特别想从公司的顶楼跳下去。为了怕自己和从前一样有所顾虑，她关闭了所有通信设备，不再留恋眼前风景，没有写遗书，刻意免去了所有的仪式感，在凌晨时分踏上天台，准备一跃而下。

听她叙述的口吻，我想后来她肯定是遇到什么恰巧能阻止她寻死的意外状况了。比如某个亲友的忽然赶到，偶然经过的热心的陌生人，抑或头顶忽然绽放的绚丽烟花。

"没有,"她摇头,"我倒盼着有谁能过来干扰我一下,甚至是刺激我一下让我跳下去,但任何人都没有来。所以我忽然意识到,这是我这辈子,最能掌握自己命运的一刻,我现在是死是活,连老天都听我的。"

于是她在思考了二十分钟之后,从天台上下来了。

"这回不是怕疼,也不是怕谁伤心,我只是想,但凡我不冲动地跳下去,那就是老天也默认让我活着吧?我命里注定死期不在今天吧?这就是命啊,看看再说吧……想着想着,就把自己劝回来了。"

打那之后,她就再也没轻生过。

我觉得如果从此之后她涅槃重生,人生走上了一个新的台阶,就能够写一篇励志故事了。于是问她,她笑道:"过得还那样,但很多事坚持过来了,并没有自己想的那么绝望。"

我想起了之前在网上看的一个段子,大概意思是说,如果有人发明一种按钮,可以让一个人毫无痛苦并完全不给家人带来思想负担地从这个地球上消失,那么恐怕全世界一半多的人都会去按。

我把这个故事讲给她听,她撇撇嘴说:"会按和真正去按,是两回事。"

"那说不定也有很多人真的去按。"

"有人一冲动,当然就按了。你们警察解救那些想跳楼的人,不是也都先喊'别冲动'吗?"

我俩都笑了。说来说去,其实还是那个最简单的道理。但能把最简单的道理在千钧一发的时刻讲透,也着实不易。就像电影《泰坦尼克号》里沉船之际,在冰冷的海水中杰克鼓励罗丝那句话一般:"你将好好生活,会儿女绕膝、子孙满堂。你会看着他们长大成人,你将会安享晚年,终老在温暖的床榻上,而不是在此地,不是在今夜,不是以这种方式。"

嘿，你今天是怎么了

有一次，一个姑娘在站厅里因为票务问题和站务员发生了争执，情绪坏到爆炸，吵嚷声引得众人侧目。我前去询问怎么回事，没想到她脖子一拧，又开始迁怒于我。

票的问题还需要地铁方进一步核实处理，我只能先把她带到警务室等候。这期间我反复告诫自己要冷静，毕竟这姑娘可以说是我最近遇到的情绪最糟糕的事主了，稍有不慎就有可能招来投诉大礼包。

好在姑娘进屋后心情平复了一些，不过也仅限于黑着脸在椅子上一言不发。我在一边看着她，觉得还是应该说点儿什么，琢磨了半天，故作随意地问道："嘿，你今天是怎么了？"

她没听懂，因为这话似乎很奇怪，好像我们以前就认识。她晦涩且略带抵触地反问："你说什么？"

我摊手："哦，我的意思是，看你的样子，我觉得你平时应该是一个很好脾气的人啊，怎么今天火这么大？"

我记得她当时穿着一件粉紫色的连衣裙，上身还套着小巧可爱的镶边马甲；发型是齐刘海卷发，发梢被染成了那种在光照下如落霞一般的暗红色。看上去确有几分清纯可人。当时我的想法很简单，就是找个理由夸夸她，让她高兴高兴。

她听了之后没有正面回答，不过如我预想一般地整个人松弛了很多。接下来的十几分钟里，我们可以心平气和地探讨刚刚发生的事情了。

聊到最后，我说："就这么点儿事，你不怕气大伤身啊？"

她叹气道："最近很烦，急躁了，跟你们道歉。"

我表面上说不在乎，实际心里也暗暗松了口气，终于聊开了，否则自己也会意难平好一阵呢。

随后她跟我简单吐槽了一些自己的烦心事，都是生活和工作上的琐碎，在此暂且不表，让我印象深刻的是她最后说的话："你知道吗？有时候我都觉得，我的感受是这世界上最不值钱的东西。"

我这才意识到，正是自己刚才那句关心的提问起了作用，不过并不是如我想象那般令她高兴，反倒是勾起了她的伤心事。

其实当时我并不很认同这种感受，我觉得只有当一个人过分沉浸在自己的世界中，产生了很多任性的妄念并难以得到回应时，才会因为陌生人一句随口的关怀陷入自我感动。当然，这也可能只是她在恢复理智之后，给自己找的台阶罢了。

事后我很快就忘了。

后来没过多久我家里换水槽，我在处理卸掉的带着裂痕的陶瓷水槽时，不小心把左手手掌划了一个大口子，到医院缝了几针还裹了一层纱布。因为当时觉得是左手不碍事，便没有请假，到了站里，同事们都问怎么搞的，我敷衍了几句，便戴上白手套遮住伤口出去执勤。

我很快发现事情没我想的那么简单。夏天闷热,伤口捂在手套里不仅隐隐瘙痒,在我下意识抬手给人指路,或者伸手接对方递过来的东西时,还会传来阵阵剧痛。好不容易挨过了早高峰,我扯下手套,准备回警务室吃医生开的消炎药。这时半路上遇到一位阿姨,说不知道公交卡怎么升级,我便带她来到旁边的自助机操作。

因为右手还戴着手套,我想也没想就抬起左手点按屏幕,阿姨突然惊呼道:"呀,你的手怎么啦?"

我说不小心划了一个口子。

"哎哟,你别弄了,别弄了,告诉我怎么按就行。"

我说真没事。

阿姨坚持不让我继续操作,把手伸在我前面,一面按上面的提示自己尝试,一面又说了很多不要让伤口着水、不要弄脏纱布之类的话,甚至还说:"我们家老头当时就是逞能,切菜把手切了,又吃饱了撑的去钓鱼,把伤口弄感染了,可麻烦嘞!"

怎么说呢?还挺温暖的。

与此同时我又有了一种奇怪的感觉,就是相比起身边的熟人,似乎这些关心的话从一个陌生人口中说出来更能触动我。这是怎么回事呢?

我忽然想到了之前那个姑娘,想到了我对她说那句"你今天是怎么了"的初衷,我逐渐明白了,原来身边人和陌生人的表达区别就在于,前者和你的关系是稳定且持续的,所以他的反应对你来说都有预设,期待值往往在下意识里就建立好了;而后者正相反,你在毫无准备的情况下迎来一句恰如其分的关切,那种感觉,真的会像干热荒芜的沙漠中头顶突然飘来一片刚刚好的云,遮蔽烈日之余,好像也不那么孤独了。

成年人的世界中所谓的破防,都是在这种平平如常的不经意间吧。

主动找一份松弛感

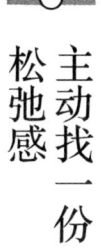

昨天遇到的一件事,让我想到了最近很火的一个词:松弛感。

当时我正在站厅执勤,看见远处的角落里有个人靠墙坐着。我过去查看,发现是个小伙子,头埋得很低,也没有玩手机,不知道是不是不舒服。见我忽然过来问候,他赶忙站起来挺直身板打消我的疑虑,然后说自己是过来这边一家公司面试的,由于时间还没到,就想在这里小憩一下。

我说:"站台上有椅子。"

"这儿人少,我想先放松放松。"

出于好奇,我又跟他聊了几句。他说自己平时有些社恐,在人多的场合容易紧张。其实他能力不错,之前离职也是由于原公司自己所在的产品线整体被撤,不得已另谋出路。这是他本月第三场面试了,前两场他总觉得自己没发挥好,尤其是当 HR 忽然抛出一些意料之外的问题时,他会大脑空白地口不择言。后来他上网搜索了各种面试宝典，却越看心里越没底，思来想去还不如这回提前出门，面试前先找个清静的地方好好放松一番，即便做不到对答如流，也能自然洒脱一些。

告别他后，我忽然想到了一个人。有一年元旦，有个背着吉他的乐手要赶着去某个商演演出，路过我们地铁站时丢了一盒拨片，拜托我们帮忙查找。查找的过程中我就和他闲聊，得知他的艺术生涯其实挺坎坷的，早年间还在街边卖过艺，遭了无数冷眼和挤对，后来去了酒吧驻唱，依旧会遇到各种不买账的奇葩听众。但自己又能怎样呢，还不是得硬着头皮上台，赚取第二天的生活费，无非就是不唱歌时，给自己找点儿乐子罢了。

我问他："找什么乐子啊？"

他说："我喜欢小动物，但房东不让养，我就偷偷从网上买鸟蛋，用孵化器孵出来，喂大了就放飞了。我喜欢看小鸟破壳时的样子，喜欢一点儿一点儿用勺喂它们奶粉吃，听它们咯咯叫，特解压。"说着还给我看他手机里喂雏鸟的视频。

"哈哈，不错。"

他收起手机，又自嘲地笑了："但我从不敢跟别人说自己这个爱好，省得人家觉得我一大男人天天在家里孵蛋，怪怪的。"

后来我看《蜡笔小新》，发现里面风间有一个爱好跟这个乐手很像，他非常迷恋一个卡通人物"萌P"，但由于萌P是个少女偶像，所以他平时根本不敢和同伴启齿，只会在没人的时候偷偷收集萌P的卡牌和海报。有一集里，他甚至还专门建造了一个房间，里面摆满了萌P的玩偶，每当他在外面遇到了烦心事，就会来到这个房间里，然后陶醉地说一句："感觉整个人都被治愈了呢！"

现在想来，其实不管是动画片里的小孩，还是现实生活中的成年人，懂得主动去获取一份松弛感真的很重要。在冗长又快节奏的生活中，我们习惯了努力、追赶和时不时地复盘，只为了尽量让自己能够看上去从容地和周围兼容。但多少人可能都忽略甚至忘掉了自己真实的本性，不知道应该时不时地让它袒露出来，像晒盐那样蒸发掉其中拨弄不清的黏稠，得到一份久违的舒爽。

永远不要忘记，松弛感是属于我们私密的一部分。它可能来源于某个安全又静谧的角落，可能来自某一项好玩儿又很童趣的爱好，可能是我们某种下意识遵循多年的小习惯，不管形式多么多样，只要我们给它们实实在在的机会，它们就会把我们变回最初的模样，哪怕只有短暂的一瞬间。

其实强者也未必生来稳健，只不过他们善于在难熬和黑暗的时刻，偷偷运用这种能力罢了。

一
地铁口的父女

我们地铁站外有一片很空旷的广场，夜幕降临后总会亮起温暖又均匀的灯光，附近的居民会带着孩子到那里玩滑板车，或者练习骑车和跳绳。有时候见我在那里执勤，大人们还会叫孩子跟我打招呼，展示他们的各种玩具和成果，挺有乐子的，所以我时不时地爱去那里遛遛。

最近天气渐寒，人迹寥寥，前几天还是有一对父女来到那里运动。我发现那位父亲好有活力啊，他先是陪着女儿踢毽子，等孩子踢烦了，就旁若无人地跟她玩起了追逐游戏。女儿撒欢地乱窜奔跑，他就在后面一边追一边大喊："技能冷却好了，我要开大招了！"然后饿虎扑食一般追上落荒而逃的女儿，俩人闹着叫着抱成一团，脸上笑得灿烂。

他们坐在台阶上，父亲拿出一个粉色小水壶，神色认真地说："快看，这是我从神山上求来的神水，喝了之后满血复活！"

孩子欣喜若狂地抢过水壶，使劲往嘴里灌，把我看得笑出了声。

后来女儿继续练习踢毽子的时候，我和那位父亲聊了两句。我说："您真是好体力啊，我和我儿子玩一会儿就身心俱疲了，只想躺着给他放故事听。"

那父亲哈哈大笑，擦着脸上的汗说："那没办法呀，该玩还得玩，她现在这个岁数，玩起来才不挑人，等再长大一些没准都不愿意跟你一个屋待着呢。"

随后我们身边走过了一个低头看手机出站的小伙子，那位父亲小声跟我说："你看，等她长大了，没准也跟现在的小青年一样，天天抱着手机跟别人聊，你在她眼前她还嫌你碍事呢。"

一句话把我整沉默了，好睿智又心酸的道理。

我不由得联想起之前的一位事主，闲聊时她跟我说自己有个爱好，就是给小孩买吃的。她在北京打工，还没有结婚生子，但只要碰见朋友或者邻居的孩子，头一件事就是想带对方去超市，指着琳琅满目的零食说："快去挑一件你最喜欢吃的，阿姨给你结账。"有时候她购物时还会特意多买一些好吃的，在楼下碰见了熟识的孩子就大方地分上一两件，为此深受邻里的好评。

但她告诉我她其实没什么目的性，只不过就是自己年幼时家境贫寒，小时候唯一的念想就是母亲从镇上回来时，能给她从蛋糕厂直销点带回来一些打折了的鸡蛋糕。直到十岁，她还认为那东西的外壳是硬的，上面嵌的瓜子仁是软的。直到后来新婚的姐夫带她去镇上吃了一回刚出炉的鸡蛋糕，她才知道这个世界上还有热乎乎的点心，从里到外一样松柔绵软，皮上的瓜子仁就像刚刚嗑开一样清脆爽口。那种刷新认知的美妙口感，足以让她记一辈子。

现在回想起来，明明是很廉价的边缘化食品，竟是自己童年很重要的组成部分，真的很不可思议。所以她深深地体会到作为孩子，一口出其不意的美食能有多么大的魔力。也许在我们眼里那无非就是舌尖上的一抹甜意罢了，但对他们来说，绝对算得上念念不忘的愿望。

她说当她看着孩子们满眼崇拜地接过自己手中的零食的时候，自己整个人都好像发光了。真的，有时候几块钱就能换来这种绝好的心情。

"大人不好哄，就哄孩子呗。"

后来我就想，这种心情的背后还是长大这件事本身带给我们潜移默化的转变。我听说过一句话说得很好，叫作"曾经梦想中的星河闪烁，渐渐变成了生活中的柴米油盐"。当那些吃口好吃的、玩一场猫捉老鼠游戏带来的欣喜若狂随着年龄增长消散不见时，我们一面觉得那时候好无趣好幼稚，一面又会忍不住偷偷追忆当年懵懂又骚动的快感。哪怕，只是在孩子身上看一场，解解馋也好。

手边就有一杯水，真想着也有个虚张声势到浮夸的人大声跟我吆喝："看它，快喝！这是我求来的神水，喝了就能满血复活！"

就像突如其来的烟花

基层工作其实很有意思，有时候费尽心思都不一定能缓和事主情绪，有时候又会在不经意间让对方沉浸在快乐之中。

比如有一次我们派出所来了个小伙子报遗失，等待地铁方查找的过程中，我见他有些局促和不安，便和他搭起话来。聊天中我知道他来自广东的一个小县城，前不久刚刚来到北京打工，目前就职在一个新媒体公司。这种公司一般做一些原创平台账号，需要就职者掌握时下的热点话题和流行讯息，但小伙子从小地方来，总觉得融入不进去这种所谓的时尚潮流氛围。听我是北京人，他还特意请我教他说北京话，因为自己的北京同事说话都很有趣。

我想了想，说："呃，首先北京人就很少用'有趣'这个词，大家一般都说'逗乐儿'，或者'好玩儿'。"

他点点头："哦，好的。"

见他这么认真，我反而有些不好意思，转而说："其实我还一直想学广东话呢，听那些粤语歌，觉得广东话特好听。"

他眼睛马上发出光来："啊，那我可以教你呀，别的我不一定行，但这方面在行呀。"

于是他兴致勃勃地给我传授起了广东话的九音六调、合嘴音、与普通话有所区别的语序，还教了我一些常见词的发音，比如"世界"念"塞该"，"不知道"说作"母鸡"，等等。我没想到自己随口一句的逢迎话竟然令他刚才的怯懦感一扫而光，他简直像变了一个人似的兴奋不已。而且看上去，他好像已经很久没有这样酣畅淋漓地表达过了。

虽然我也没打算真的要学，但见他这么开心，我也表现得很受用，他直到东西都找到了还恋恋不舍地给我逐句拆解那首《七友》歌词，教我怎么唱听上去更地道。

还有一次，我在我们地铁站口查了一个被乘客举报的摆摊姑娘。令我震惊的是，那姑娘卖的是一种很奇特的钥匙链。钥匙链是一个塑料泡，里面注了空气和水，水里竟然游着一只硬币大小的乌龟。我还没说啥呢，姑娘先不服了，各种不配合，说话也没个好气。我就跟她讲："你卖这种钥匙链残忍不残忍啊？"

她说："有啥残忍的，王八活千年啊。"

我说："我养过这种小草龟，很容易死的，你这个也没法换水，甚至都没法换气，估计最多也就活个一两天。"

她说："不会吧，好多年前我爸在田里捡到一只大乌龟，放在水缸里养，也不怎么喂，现在估计还活着呢。"

我们完全不在一个频道上，我也不知道该说啥了，随口应了句："田里还能捡到大乌龟？"

听到这儿她来了劲，很不屑地说："一看你就没下过地，地里啥都有可能挖出来，尤其一下雨，什么蛇啊，田螺啊，乌龟蛤蟆啊，都出来了。你见过肉灵芝没？就是以前老人说的太岁，我们那儿还挖出来过呢，还有铜钱、药材之类的。"

我表现出来了兴致的样子，又问了她很多猎奇的问题，比如：铜钱值多少钱呀？挖出过古墓没？田里会放稻草人吗？她就顾盼神飞地给我讲小时候村里的邪乎事，好像自己还是那个站在村口扎着小辫儿的柴火妞，天真烂漫，又有着神神道道的可爱和专注。后来聊开心了，她还答应我把那些小乌龟放生。

真就挺有意思的。

但这些毕竟都是一些琐碎见闻，过去了我也没有在意。直到我昨天看到一句话说得很好："如果你不经意打开了别人心中的一扇窗，那就不要轻易关上，因为在那一刻，他可能正体会着久违的快乐。"想来，我自己在千篇一律的生活工作中也经常庸碌彷徨，而如果有个人恰好能把我从虚无中打捞上来，让我能释放一些自恃明亮的光辉，或是重拾某段乐趣无穷的记忆，也算是一种莫大的幸运了。

而且这种体验是双向的，只要你愿意观察和保持，你也会被对方神采飞扬的目光照亮，就像是看了场突如其来的美丽烟花一般。

离去的玩伴

前几天听爷爷无意中说起,我儿时的一个玩伴去世了,骨癌。

记忆忽然像在脑海里漂浮的一块海绵被什么力量猛然擒住,滴滴答答地淌出很多往事。我和他自幼相识,那时我住在北京郊区的小村落里,和他家是对门。他幼年丧母,和父亲一起生活,人生得白净消瘦,总是穿着一件小背心,手里提着一只网兜包着的皮球。我们会在村口的大树下玩球、拍洋画,也会漫无目的地闲逛,兜兜转转绕过平房间的篱笆、小菜地和溪流,捉几只蟋蟀和蝉,挨过那些没有空调的溽热夏天。

印象最深的一次,是某天他突然跑来悄悄告诉我,说要带我去一个好地方。然后我们就跑到了村外的一处农场里,院子中央有几座硕大的稻谷堆,在阳光的照射下如金山一般璀璨瑰丽。我们偷偷爬到稻谷堆的顶端,然后任凭自己从顶端自由落体滚落下来,笑声间天地颠倒万物混沌;被飞奔过来抓着钉耙的工人们大声喝止时,我们又如偷了腥的小猫般大叫奔逃，喊声响彻整片秋日的天空。

仔细想来，其实当时我们两家的关系并不融洽，大人们因为一些琐事不相往来，我们两人却总能毫无嫌隙地一起玩耍。我只去过他家一次，偷偷去的，记忆里他家很大，有一棵参天的大树，枝丫上架了纵横交错的葡萄藤，藤下还挂着很多鸟笼子。他给我展示了他从不舍得带出门的奥特曼和漫画书，还带我参观了他家购置的全自动洗衣机。那是从没见过世面的我第一次给有钱人下定义，心里多多少少有了一些失落，总觉得他好奇怪，为什么家里有这么多玩意儿和先进物件，还会天天当一个街溜子呢。

八岁那年，我家要搬到附近镇上的楼房里。搬迁的前半年我就时不时在他耳边吹风，说："我要搬家啦，搬到楼房里。"他听了总是眼睑低垂，应一句："哦。"接着我就会得意扬扬起来，心想楼房里有暖气，楼下还有公共汽车，哪怕给我再多的小鸟、再多的奥特曼和漫画书，我也不住在村里了。

我清楚地记得，搬家那天是个早上，家人把一辆130货车停在门口，七手八脚地把大衣柜和床铺搬到门口的空地上。我穿戴整齐走出门，发现他就站在不远处的门口看着这幅热闹景象。我很兴奋地走到他跟前，说："我没骗你吧，我真的要搬走住楼房了。"

"哦。"他还是像以往那样淡淡应着，然后在我的注视下走进了家门。

现在想来真是有点儿难过，怎么没看出他是在跟我道别呢？而我只是沉浸在住楼房的喜悦里，直到最后一刻还没心没肺地炫耀。

这一搬走，就是二十多年。偶尔我还是会回到村里看爷爷奶奶，但短暂的归来使我甚少有机会再见到他，多数与他有关的消息都来自邻里间的八卦，比如他上了某所寄宿学校，随后没有考上高中，去读了一个中专，而后还去当了两年兵。不久之后村子拆迁了，村民们搬进了统一规划的大楼房，他有没有退伍，回来后又住在哪栋楼，我就不得而知了。

与其说不知道，不如说其实这些年里，我已经把他忘得一干二净。孩子的认知里，好像只有住得近、是同学或者亲戚，才可以成为挚友。巨大的空间阻隔像是默认了我们缘分的终结，自此我们两不相干了。

在知道他去世的时候，我已经三十多岁了。我恶补了一下这些年他的消息，才知道他后来退伍回了村，结了婚，一度生活美满，体重猛增，成了村里的小胖子。后来他就被查出了骨癌，经历了一段痛苦的治疗过程，整个人像脱了一层皮，瘦得令人害怕。再后来没有人见他下过楼，直到传出他的死讯。

虽已经形同陌路，但我还是很难受。这些年来，跟自己渐行渐远的人有很多，与这些远去的朋友无关恩怨、无关情仇，只不过是失了联络而已。但每当我不期然地回忆起来，下意识都会觉得他们安然无恙，所以才杳无音信。但殊不知，有人就在这波澜不惊中经历着凶险，困顿于低谷，与病魔斗争着，他们那些没有与我们分享过的人生，也许写满了超乎我们想象的苦难、坚强和努力。也许，我们真的太随意了，只记得曾经一起的快乐，却并没有好好与他们相识一场。

就像我一样，从来没觉得童年里那个秋日里陪我在谷堆上打滚的小伙伴，会在多年之后以一个近乎陌生人的身份，永永远远地离开我。

只要还活着

多年前 AED（自动体外除颤器）还未普及的时候，地铁里有个年轻人心源性猝死，被紧急送医后不治身亡。我们处理的时候一直试图寻找引发他疾病的诱因，联系他单位同事、找到了他的合租室友、询问了他的家人，得知小伙子是一个朝九晚五的上班族，没有任何不良嗜好和此类家族病史，从不饮酒和熬夜，甚至饮食也以素食为主，事发的那个下午他像以往一样从容地离开公司，在同事眼中没有任何异状。

我们查看当时的列车车厢录像，想了解一下当时他发病前是不是受了什么刺激。录像里的他一开始手扶着车厢把手，时不时还看一眼手机；发现周围有座位空出来，他又走过去坐到上面歇脚，过程中没有和任何人发生交集，也没有任何身体不适的表现或者呼救。然而几分钟之后，这个平平无奇的年轻人忽然失去意识，一头栽在了地上。

我给他的合租室友做笔录时，对方完全没有意识到死亡会降临到他的头上，只是觉得可能是低血糖之类的，还跟我夸他手游打得不错，每天十点多就睡觉，特别爱吃蔬菜。

越是这种反差就越是凸显生命的无常，后来我了解了一下心源性猝死的相关科普，除了描述此类疾病的凶险和突发性，术语中还夹杂着一句触目惊心的形容："（诱发）死亡的时间与形式都在意料之外。"也就是说，当灾难降临的时候，可能没有任何先兆与过程，甚至连原因都还是现行理论科学中的未解难题。而一个活生生的人就这样永远地在世界上消失了，他都没有来得及好好看这个世界最后一眼。

后来和一个事主感慨这件事，她也给我分享了自己的理解。她说自己当年高考成绩不理想，上不了心仪的大学，整个假期都郁郁寡欢，甚至有了轻生的念头。某天一觉醒来，窗外瓢泼大雨，母亲告诉她同村的一个姑娘打着雨伞骑车去镇上时被水泥罐车撞倒，场面惨不忍睹，在送医途中就香消玉殒。她们并不相熟，只知道对方比自己小一岁，明年就要参加高考。

家人在墓碑上嵌入了她的照片，多年里她每次清明去上坟都要去看她两眼，发现那照片一年一年在褪色，村里关于她的话题也越来越少，直至后来再无人提起。

最后她跟我说："从那时起，无论雨多大，我骑车都绝对不敢打伞了，太吓人了。"

我说："嗯，真的就是，明天和意外不知道哪个先来。"

后来我俩似乎都在沉默中有了一个更深的共识，那便是"死亡"对个体来说，并不仅仅在于生命终结的本身，而在于它会在群体意识中浅浅抹除掉我们，就好像我们根本不曾在这个世界上存在过一样。我们的一切都会随着意识和肉体的消失，被渐渐隔绝和剥离出那个自己万分在乎的环境。就好像电影《寻梦环游记》中说的那样："死亡不是生命的终点，遗忘才是。"

现在想想，人生中的很多不如意都是情绪带着身体走。尤其疫情三年，很多人都会有这样那样的困扰。而疾病和意外会让我们看到人生真正的基本盘，一副鲜活的身体尚全，一口畅快的呼吸犹在，我们便还有机会抓住那些遗憾的向往。灾病面前，任何情绪都比不过脉搏里缕缕律动的希望，只要你手握人生，你就还有无尽可能，奋斗、努力、被惦念，迎接随时可能到来的小确幸。

我们才不要被遗忘，我们要勇敢地活下去。

毕竟承起生命之重并负责到底的人，终将只有我们自己。

崩溃的她

有时候成年人的崩溃真是在一瞬间啊。

前几天我们所一大姐在站台巡逻时看见一个女乘客蹲在地上不起来，便问她需不需要帮助。见对方一副心事重重的样子，既不说话也不乘车，大姐还以为她低血糖身体不舒服，又拿糖又递水的，半天乘客才说，要去怀来上班，不知道怎么坐车。

大姐给她导了一下航，发现她要乘坐的长途汽车在站外，便给她指了过去。没想到几个小时后，女乘客又回来了，这回情绪更不好了，见到大姐就开始哭，说自己从湖南老家过来，途经北京，到河北上班，半途得知自己母亲忽然病重，心烦意乱了一路，既想回去照顾母亲，又担心刚刚谈下的工作黄了，焦头烂额之际心态崩溃。

这时已是深夜，外面也没车了，领导也赶了过来，查询和联系了一大堆人，找了女乘客在北京工作的堂弟，最终让堂弟把她接走安顿好。后来大姐跟我聊到这事时反复感叹，看上去挺体面的一个人，哭起来的样子却像个和家人失散的孩子，很可怜，让人很难不动容。尤其在马路边等她堂弟时，女乘客非常依赖我们这位大姐，哪怕领导让她上车暖暖身子她也拽着大姐不撒手。大姐跟哄孩子似的反复说了好几句"我不走"才让她安心上车。

我发现有时候成年人比孩子更脆弱，很多委屈会突然被身边的某个细节点燃。比如我曾经遇到一位事主，聊天时她隔着窗户看到了外面的一只小野狗。我就跟她说那只小狗不知道是谁丢的，经常来地铁站觅食，我们没事就喂喂它，后来它便以此为家了。

她说："哦，我以前也丢过一只狗，当时哭了很久，跟老家的父母说，他们很不理解：'不就是一只狗吗？想养的话再养一只不就行了吗？你也至于这样？'但他们根本不知道我和那只狗的感情有多深，也不会去尝试理解，只觉得我太多愁善感了，甚至太闲了，简直不可理喻。"

听完这些，她又哭了一场，这次就无关于那只狗了。

后来她又跟我吐槽了很多，大意是周围很多人，包括最亲近的人，都很难也不乐意代入到自己的情境中，去体会自己哪怕看上去稍微负面一点儿的情绪。他们会关心她的健康、仕途和恋爱成果，但对她的很多感受置若罔闻。比如她当时在一家还不错的事业单位工作，看起来很稳定，但和她的专业不对口，一些关系一开始也没处理好，导致工作起来很艰难。她想要离职，却遭到了家人的一致强烈反对。

大家都在跟她讲未来，讲发展，讲利害关系，全都是客观上可以预见的风险，有理有据。她听不进去时，家人们就特别费解，觉得这孩子怎么油盐不进呢？为什么不能克服一下困难，挺过去呢？哪个成功人士不是这样呢？

说到这里她重重地叹了一口气："只有我一个朋友支持我离职，当时我感动死了，抱着她哭了很久，要不是她是女的，真想当场嫁给她。"

想到这句话，又想到那个迷失在地铁里的女乘客，紧紧拉着我们大姐的手不愿上车时的景象，我才意识到，成年人的崩溃可能不是一个细节或者瞬间爆发的，他可能是长久处于一个没有被好好观察和理解的状态，内心荒芜而孤独，一旦有风吹草动，立刻就觉得很不安全。

大家都在说，你应该怎样怎样，却没人认真地想一想，你怎样能够更开心一些。

客观来说，很多时候我们确实无暇解读别人的内心感受，但我们也许能试着在他们方寸大乱甚至情绪爆发的时候，少谈一些大道理，多沟通沟通真情实感。他们可能并不需要你做什么具体的事，只是希望自己背后能有个人默默地支持和守候而已。

碎屏手机

一次值班，路过自动售票机时一个大叔叫住我，希望我帮他买一张车票。大叔好像是个民工，身边摆满了行李，整个人风尘仆仆的，似是要返乡过年。我边操作机器边和他聊天，得知他已经买好了中午的火车票，刚从工地打包完行李就直奔地铁站了，但在自动售票机前捣鼓了快二十分钟都不知道怎么购票，眼看时间就快赶不及了。

我三下五除二地帮他按好北京南站的按钮，然后教他怎么插身份证，怎么付款取票。大叔千恩万谢，我说："这还没完事呢，您按我说的，先插身份证吧。"

大叔这才掏出身份证插到机器里，随后屏幕上弹出了扫码付款的提示。见我还没走，他又重复了一句谢谢，自己会弄了，意思是不需要我在侧了。但我还是想看他操作成功后才踏实，毕竟他这么大岁数，如果手机里没钱，还得领他去购票窗口；如果能够顺利支付，最后还要提醒他别忘了把身份证拔出来。

为了避免走到半路再被叫回来，我就站在原地没走。大叔见状明显有点儿局促，扭扭捏捏地掏出手机扫码。这时我才看到，他的手机屏幕好像被狠狠地摔过，中间裂了很多缝隙，被灯光一照十分显眼。因为碎片间反光不一致，扫了好几次码都不成功。我也不知说什么好，就站在一旁望着他摆出各种姿势调整拍摄角度。

后来他终于摆弄好了，满头大汗地朝我讪笑。我提醒他别忘了取身份证，他又是一阵道谢，还不忘解释说手机是最近刚刚摔坏的，还没来得及换新的，给我添麻烦了云云。

随后他就拖着行李匆匆走了。那一刻我突然有点儿后悔，大叔肯定是不想让我看到他窘迫的样子才在中途就谢绝了我的。也许他之前有过同样糟心的经历，被人嘲笑或者埋怨过，所以才对这个环节很敏感、很在意。我却完全没有顾及他的感受，只想着怎样落实自己想法，怎样不留后患，执拗地目睹了接下来的一切。

令人心酸的是，哪怕自己的意愿被违背，大叔转过头还是很卑微地说着感谢和抱歉，好像自己才是那个不懂事的人。

可能年轻时我是无法察觉到这种细节的，但现在我可以，因为我发现随着年龄的增长，自尊就像是一个总想着冲破封印的魔法球，随着现实中的鸡毛蒜皮在身体里不争气地作乱。所以当我想起大叔红着脸解释完就匆匆离去的身影时，心里还是隐隐地难受。

喝醉的战友

昨天处理一事，令我不禁感叹战友情还真是很顶啊。

当时临近收车，站务员告诉我说站厅里有个喝多了的乘客倒在地上犯迷糊。我过去发现是位四十来岁的大哥，大哥身上只有一部手机。大哥属于良心醉酒，不闹不折腾，只是气若游丝地告诉我想好好睡一觉。但那地方是个风口，我便和站务员试图把他扶起来安置，可他实在是醉得不轻，又断断续续地开始吐，我们也没有更好的办法，一边给他挡风，一边试图问他家人朋友的电话。

问了半天没结果，我只能打开他手机通讯录，找了最近的联系人拨过去，看看能不能找到一个愿意接他回家的人。接电话的人应该是他昔日的一个战友，但人不在北京。这位朋友让我稍等片刻，他联系一下北京的战友到地铁站来接他。

以往这个环节都会消耗比较长的时间，毕竟除了家人很少会有朋友愿意接手这种烂摊子。但没想到这次很快有人回电，并说自己恰巧就在我们地铁站附近，会马上开车过来接这位大哥回家。

我松了一口气。

然而令我没想到的是，随后电话接踵而至，至少有三四个，都是询问大哥情况的。"您好，是民警吗？听说我们有位战友在地铁站里回不去了，哪个地铁站啊？""××喝多了是吗？人没事吧？在哪儿？""我现在过去来得及吗？"一个还没答复完，另一个来电就进来了。

我应接不暇，职业生涯里第一次这样劝人："不用来了，不用来了，已经有人来了……谁啊，我也不知道呢，反正您不用过来了。"

很快大哥的两位战友来到了站厅，核实无误后，我们找了一辆小推车，合力把他扶到车上坐着，一路边推边扶，运到地铁口。途中大哥晕车又吐了几次，战友还很不好意思地用纸巾擦拭地面，直到我们叫来保洁师傅才离开。

冷风一吹，大哥恢复了点儿精神头，被搀着站起来，烦躁地抖搂身子，酒气熏天地凶身边的战友："你谁啊你！"

战友把口罩往下一拉，瞪着他："我是谁，你好好看看，我是你大哥！"

"是……大哥。"可谓秒怂。

然后大哥就被两个战友架着老老实实地上了台阶。

我和站务员一直跟到马路边，看着他们把大哥塞进暖烘烘的汽车里。两个战友冲我们千恩万谢，一路绝尘而去。

唉，到年底了，大家还是少喝点儿酒吧，否则在哪儿断片儿了多麻烦。

除非你也像这位大哥似的有着如此强力的后援团。

← PART 3

墓碑上的男孩

我很小的时候,姥姥去世,埋在了很远的一处公墓。记得那天下葬之后,亲戚们在周围信步闲逛,偶然发现不远处有一座镶着照片的墓碑。在那个年代还很少有带照片的墓碑,于是大人们便驻足端详起来。

随后他们发出了一些哀叹,原来照片上是一个小伙子,从标注的出生日期到去世日期算,终年只有十九岁。大人们啧啧摇头,有人说,这么年轻,一定死于车祸,也有人说可能是疾病。不管怎样,这个年纪溘然长逝,家人一定悲痛至极,所以很用心地把他的照片压在玻璃下,又用水泥抹在了不怎么精致的墓碑上。

那时候我还在读幼儿园,但我深深地记得坑坑洼洼的墓碑上,那个灰白色的阳光爽朗的笑容。于是再给姥姥扫墓,我都会去看一看这位叔叔。我和他并不相识,无关于思念,无关于缅怀,只因为我知道他会一直在这里,像是一个沉默到永恒的约定,不会变。

后来我读了初中，再去扫墓依然会去看他。照片里他看起来和学校里球场上打球的高年级大哥哥一样，朝气蓬勃，那么富有生命力。可他却一直长眠于此，经历了我们都惧怕的死亡，不免让我觉得崇敬。

再后来我也到了二十岁的年纪。清明时节来到他的墓前，看到他眉眼中同龄人的亮光，恍惚间会觉得他是自己的一位玩伴。我会观察那些祭品和鲜花的数量，试图从中品读出家人对他的想念之情。有时会因为他墓碑被擦拭一新而感到开心，有时又会因为一时的荒芜而难过。

成家立业之后，我三十多岁了。生活中有过一地鸡毛，工作中有过彷徨焦虑，受了不少锤，懂了不少事。我再去上坟，爬上山坡，已经有些气喘吁吁，见到那张照片，忽觉他脸上多了一些青涩和稚嫩，俨然一副可爱弟弟的样貌了。

蓦然想起三十年前，家人们对着他的墓碑叹息的场面。墓碑数以千计，除了亲人的，他这一块最令人唏嘘。人们在面对死亡时才会拿出青春当标尺，衡量一个人是否活出了该有的样子。在这样的一生中，他应该有过骑着单车疾驰于风雨中的无畏，有过和心爱之人在烟花下拥吻的浪漫，有过考场上奋笔疾书的拼搏，有过欢声笑语把酒当歌的潇洒……

可能年轻时并不轻松，但那是我们一生中最不会疲惫的时光。等我们真的感到倦累，我们才发现自己也拥有过令人艳羡的时光。但它怎么就像是一列快如闪电的列车，突然就把自己抛下了呢？

心底越发像坠了石头一般，想象着再过一些年，他在我眼中已经是个孩子了。到时候四目相对，我反而会为自己伤感吧。

如果死亡是一种定格，我们会看到其中的美；如果生命是一种流动,我们就忘记了赋予它值得铭记的信标。只因我们这一世,总有一种注定平凡无奇的自觉。但这真的会辜负自己啊。

芝兰生于深林,不以无人而不芳。

平凡的我们终将和那个大男孩一样,化作墓碑上一张小小的照片,愿无论我们老成何等模样,眼中都焕发着和他一样青春的光,那是我们黄金时代的余晖,是任何华贵之物都抵不过的无价之宝。

小时候的梦想

今天无意间看到我们分局的一个执法视频,画面中一个小女孩和母亲在地铁里发生争执,母亲愤然离去,女孩被民警带到了警务室里。

民警是个大姐姐,和小女孩发生了这样一段对话:

"心情不太好?和妈妈吵架啦?今天出来是想去哪儿?"

"去国家图书馆看书。但是我爸爸说,除了教材没有什么我可以看的书……难道学习就是为了不让他们丢脸吗?"

"当然不是啦,看书是一件特别幸福的事。看教材,你能学到知识,这很幸福;看小说,你能认识这个大千世界,认识自己没有经历的人生,也是一件特别特别幸福的事。你喜欢看什么书?"

"什么书都爱看。"

看到这里我忽然有种感触,就是儿时的梦想真的太金贵了,就像贾宝玉的玉,与生俱来,纯粹而脆弱。某天它冷不丁被打碎了,等我们长大成人后在某个角落里发现那些碎片,却早已不知为何物。

比如有一次我帮一个朋友搬家,偶然间发现他有一个小盒子,里面是一堆粘成了一团的花花绿绿的胶状物。我轻轻撕下一块,发现竟然是一片小气球。我问他为什么收集了这么多气球,他却对此一头雾水。后来在车上他忽然想起来了,跟我说这还得追溯到刚上小学时,有一次看到校门口有个卖气球的小贩,一个气球五毛钱,刚好是他每天的零用钱数。他就忽然冒出个很离奇的想法,每天买一个气球,然后都囤在家里,这样攒够了一定数量之后,这些气球就能带他飞起来。

他欣欣然开始实施这项计划。而几天之后,学校忽然开始严厉抵制校门口的无照商贩,勒令所有学生不许购买小商贩们的商品。当他兴高采烈地举着一个气球跨进校门时,不知从哪里冒出来的教导主任忽然上前,二话不说一把就捏爆了那个气球。

"嘭"的一声脆响,他愣在原地。

后来他想了一个曲线救国的办法,就是买了气球之后,先偷偷放气,然后放在兜里,揣回家去,想着慢慢攒够能带他飞起来的数量,然后一股脑地吹起来,就地腾空!

但是随着慢慢长大,这项计划也就很自然地烂尾了。现在看着这堆难看的烂气球,简直是难以启齿。

"你说那时候怎么就跟没长脑子似的。"

我当时也不着四六地调侃一通,但是现在想来,却有种意难平的怆然。

由此想到了我一个小学同学,那会儿他的外号叫"馒头",因为有一次在课堂上,老师问大家长大了想干什么职业,同学们的想法五花八门,什么飞行员、老师、科学家,唯有他堂而皇之地说想去卖馒头。当时大家哄笑不止，细问才知道，他妈妈就是在市场里卖馒头的，他很喜欢吃，也觉得妈妈做得很开心，就觉得这肯定是个好行当，自己将来也要继承衣钵。

年幼的我们不为所动继续起哄，唯有老师哑口无言。现在想想，老师是过来人，她很清楚这种直抒胸臆的童真梦想真正的可贵之处，就在于它一定会在慢慢走过的世俗纷杂中，渐渐地再不可寻。

果然，经历了此番风波，我的那个同学再也没有说过自己想卖馒头的话，甚至在有人叫他这个外号时还会怒不可遏。

年少的憧憬与梦想，真的太容易被击碎了。更让人难过的是，我们回首当年，自己也会断然否定掉那时的天真烂漫，面红耳赤地隔着岁月自我否定。

祝愿开头那个小女孩，在若干年后出落成大姑娘，甚至人到中年游走在各种生活的细碎中时，也能在某个风和日丽的初春，乘着地铁奔向自己热爱的图书馆。当别人问起时，她还会如儿时那般伶俐倔强，歪头笑道：

"我什么书都爱看哟。"

救命稻草

我收到过一封私信，对方跟我讲述了她年少时的一段朦胧又美好的感情。

私信是一年前发的，那时候她刚刚大学毕业，在广州实习。后来赶上疫情，她就回老家待了半年。那时候她一直有个心结，就是听说自己在大学时期暗恋过的一个学长，现在就在老家的一家医院工作，便纠结着要不要过去见上一面。

她跟我说她大二的时候有了点儿抑郁倾向，具体表现为自卑、社恐，总是莫名紧张，甚至在宿舍里叫过120。她与同学们渐渐疏远，只能天天泡在图书馆里找清静。那时有个兼职的管理员，是大三的男生，长得不算很帅，但一眼望去非常干净，头发总是修剪得利落平整，手指也纤细修长。男生总在她坐在角落里看书时，轻轻地从她身边掠过，或是收拾书架，或是核对目录。

一开始她并未很在意，但日子久了，本来看书时不那么集中的注意力就很容易飘散出去，她开始有意无意关注他的穿搭，发现他喜欢穿缩脚牛仔裤，还爱把赤耳卷起来；鞋子好像一共有两双，一双篮球鞋、一双新百伦运动鞋，显旧却一尘不染；至于上身，他喜欢穿衬衫或者帽衫，都是灰乎乎的颜色，又把肤色衬得很白。

每当有人求助或者有领导检查，男生会用很小的声音应付，然后走到某个书架旁，弹钢琴一样抚过千篇一律的书脊，麻利地抽出一本书，或者点清上面的数目，再明眸皓齿地投给对方一个微笑。

她就这样慢慢"上头"了。顶着社恐的压力，她试着让他帮忙找书。但她方法拙劣，第一次对方不到一分钟就帮她找到了，两人几乎没能形成像样的对话；第二次她故意挑了一本已经被借光了的热门书，表现得很急切，趁机加了他的微信，说等书回来了一定要告诉她。

于是那半年间她就开始鼓足勇气和他聊天。她知道了他和她来自同一座城市，知道了他喜欢打篮球和滑雪，知道了他业余时间在学习手语。朋友圈中，他偶尔会分享自己和同学骑行的掠影，偶尔会贴上一大桌美食照片，她乐此不疲地点赞，却不敢贸然在照片下面评论。她害怕他们之间的共同好友会耻笑她，也担心搜肠刮肚出来的词句换不来屏幕右下角的一个小红点。

他们的聊天内容也很泛泛，都是些无关宏旨的东西，自卑情结像提线木偶一般牵着她，掣动着她想要暧昧和表白的神经，那些发自内心的悸动，落在输入框里最终只化为对书籍的探讨和对学习的请教。唯一一次她心血来潮，也只是问了他一句现在有喜欢的人没。对方隔了很久才回复说，没有呢。

那次她高兴了整整一周，这说明他平等地无视着所有人呀。她跑图书馆跑得更勤了，对她来说总是灰蒙蒙的日子也有了光。那束光是包裹着希望的幻想,任她信马由缰,任她情不自禁。图书馆里,对话框中,她不再是那个动不动就厌世到胸口疼的病人,而是一个坚信天很高海很蓝,也许轻轻一跃就能上青云的小姑娘。

后来她总结,自己之所以能走出抑郁症的阴影,和那段暗恋的经历密不可分。哪怕是毕业之后,她也总想着还能见他一面。他的朋友圈不怎么更新了,设置了三天可见,背景也好几年没有换过了。翻看曾经和他为数不多的聊天记录,曾经自己在绝境里挣扎和在低谷里仰望的日子历历在目。

她跟我说:"听说了他就在老家的一家医院里做后勤,正巧自己也回了老家,要不要去看他一眼呢?"

我也没有经验,便回复道:"如果只是带着满足好奇心的目的,看一眼也无妨;如果想着能够发生些什么便大可不必,感情这东西还是讲缘分。"

对话便截至这里,直到我昨天又唤醒了这段对话。

她没想到我还能记得她,欣喜之余字里行间又饱含深意。她说她后来去了,正巧身体里长了个小囊肿,就去那家医院做检查。她没有事先给他发微信,而是在间隙溜达到他的工作区域,打听着看到了正在窗口作业的他。他胖了一些,戴着口罩,两鬓有了些白发,眼角也有了很多细纹。她本已想好了寒暄的策略,但走到跟前忽然语不成句,无论如何也没有胆量再提起当年那些事,抑或当年的那个自己。见他一脸疑惑,她就随口问了句:"请问放射科怎么走?"

他答了句什么,她也没细听,道了句谢,扭身走了。

事情就是这样,没有任何戏剧化和惊喜,但这就是真正的生活。

她最后跟我说:"其实不知道怎么回事,我对他就是很感激。很奇怪对吧,哈哈,我也不关心他还记不记得我、现在成家了没有,就是很感谢他,也许是我那会儿太难挨了吧。"

我说:"嗯嗯,我挺理解的。"

情窦初开的年纪,即便那不是真正的爱情,也是我们内心中对于一些缺失的东西最真实的渴求。原生家庭不如意的人渴望关爱,孤独寂寞的人找到了慰藉,陷入困境的人抓住了救命稻草。它可能无关于未来日子的规划,无关于各种世俗的观念,无关于必须得到什么回响,只要有一丝火苗,就能在我们幼稚却勇敢的少年心中激烈点燃。

否则怎么叫青春呢?

当我们绝大多数人都没等来结局后,可能还是会感谢那个人的出现,感谢他给我们的回忆镀上一层青葱又澄澈的滤镜,让我们当年可以奋不顾身地去,现在也能不留遗憾地走。

古怪大爷

有个事主跟我聊起过这样一个人。

她说自己小区里有一个大爷，六十多岁了没结过婚，脾气非常古怪。小区里都是老楼，需要自行买电卡插卡充电，而每一层的电表都是安在楼梯口第一户的门框边。所有住户都默认了这样的设置，只有那个大爷非常不满同层的人要来他家门口充电，于是三番五次到物业和居委会痛斥这个问题，最终强迫对方把电表移走了。

她家和大爷在同一个单元，父母不止一次提醒她，那人是个老光棍，梗得很，千万不要招惹。

于是每逢和大爷碰面她都十分客气，生怕他寻自己的麻烦，但即便是这样也没能幸免。有一次她休息，在家吃完外卖，因为不着急下楼，就把套着垃圾袋的饭盒放到了家门口。不一会儿大爷就来咚咚敲门，说楼道里不能这样摆放垃圾，汤汤水水的会招蚊虫。她辩解称自己就临时放一会儿，很快就会下楼扔到垃圾桶里，大爷却说垃圾明明已经放了一个多小时了,让她不要强词夺理。

她跟我说大爷身上这种事不胜枚举,他几乎是平等地恨着所有人。有住户养鸽子,他觉得鸽子粪会影响小区环境,不厌其烦地到居委会反映问题;小区车位紧张,只要有人把车停在了便道上,他就会拍照发在社区群里怒斥其素质低下;有的住户嫌下楼拿快递麻烦,会把单元门的密码告诉快递员,大爷发现后怒不可遏,又是找住户对质又是责令物业改单元门密码,导致陆陆续续总有住户进不去家门。

本来我的这个事主已经天天绕着大爷走了,但还是被他找了麻烦。起因是一楼有个独居老太太喜欢收集纸箱子卖钱,她见对方怪可怜,便隔三岔五地支援她一些废弃的快递盒子。这下大爷又不干了,阴阳怪气地警告她别助长那老太太的坏习惯,纸箱子都堆在楼道口,回头发生了火灾责任算谁的?

大爷就是这么一个事事都想要插一脚的问题人物。大家背地里骂他的就更难听了,什么老光棍、讨人嫌、怪不得一辈子讨不到媳妇、心理变态等等。

不过,后来疫情时我的这个事主在楼下集中做核酸,又听街道干部们说了一件关于大爷的事。原来大爷年轻时是谈过一个对象的,但姑娘家不同意她跟大爷的婚事,姑娘拗不过家里,一时想不开,躺在公园的长椅上服了安眠药,人就这么没了。这事追溯起来年代久远,当年掀起了多大波澜不得而知,最后的结果却一目了然,大爷一辈子再没结过婚,单身至今。

事主告诉我,当时她知道这个真相的时候震惊了好久,也开始反思大家包括自己对大爷的刻板印象。就事论事,其实大爷只是执着于维护社区的安全和稳定,做的每件事都没有无事生非的恶意,很多时候也是出于公共利益的大局观。那些不守规矩、给大家造成安全隐患的大有人在，反而是大爷这个被戏称为"老光棍"的人成为众矢之的，被人大肆歪曲和编派，真挺不公平的。

后来她在很长一段时间里都关注过大爷的生活。他每天按时出门，骑着自行车到路边的健身器材区域运动，然后去早市买菜，饭后和人下下棋，午后在小区里遛遛弯，晚上还会架着收音机在小花园的石凳上唱词听曲，活得不要太惬意，也从未去影响过谁的生活。

那些所谓的古怪和可怜，都只建立在别人对他终身未婚的片面认知和揣测中。一些人遇到和自己观念不合者，道理上无牌可出，就会把目标转向对方的私生活，用结果带入原因，强扭出他们想要的逻辑。说到底，一个人终身未婚的恐怖意义，只会在别人的眼光中被无限放大。至于自己，该怎样还是会怎样，太阳每天还是有着不得不升起的理由。

每个人在经历人生的滚烫一章后，必然会发现最适合自己的生活方式。有人没有去践行，那么就请保持住坚韧；有人义无反顾地去追求，那么就请不要辜负自己的勇气。

一 保洁大爷的恋爱观

我在站里跟保洁大妈聊天,聊到老辈人对年轻人恋爱观的影响,大妈如是评判:对于父母安排的姻缘,你可以选择不顺从;但对于父母不看好的感情,你最好还是乖乖听话,尽早斩断。

我笑了:"那您这不还是'父母之命,媒妁之言'那一套吗?"

大妈用看黄口小儿的眼神打量我:"要不怎么说你们年轻人听话都一刀切呢。我跟你说,老人的眼都是尺,再糊涂也比你们看人准。"

她给我举了两个例子,都是他们老家街坊亲戚的真事。第一个例子的主人公是个姑娘,某天带了个谈得火热的男朋友回家见父母。男朋友高大帅气、衣着光鲜,谈吐间更是透着社会气的礼貌和健谈。他告诉女孩父母自己家境殷实,有祖传的买卖,所以哪怕现在没工作,日后也不愁没收入。吃饭间男友和女孩父母一顿天南海北地聊,表现出一副见过很多世面的样子,但一些细节还是让两位老人心生疑窦。

主要因为这个男生嘴太甜，而且特别会找理由。明明带的酒不是很高档，却偏要说家里有茅台，怕坐高铁不让带，又怕在当地人生地不熟被骗，所以只将就着买了两瓶中档酒；明明早就说好在家里吃，他非说自己出门前还在到处订饭店，思来想去又怕不安全（当时疫情还没过），还是在家里吃得踏实。

那顿饭姑娘父母就吃得很别扭，后来就跟女儿提议这个人还是算了，没看出什么实力，心思都花在嘴上了，想来不是一个靠得住的人。但姑娘不听，非要嫁给对方。结果婚后半年男方就暴露出好吃懒做的本性，那些所谓美好的畅想和远大的前途统统成为笑话。女孩因此一度抑郁，直到现在还深陷在离婚大战之中。

另外一个例子的主人公是男孩。这个男孩有个一直暗恋的女孩，俩人算是发小，但多年以来女方甚至其家里一直都瞧不上男孩。某日女孩家忽然态度大转，鼓励女孩与男孩交往，并且极力为他们创造各种条件。男孩自然是喜出望外，他父母却感觉蹊跷，一打听才得知原来女孩前一阵和谈了很久的男友分手了，情绪极度低落，家人怕她想不开，便拉她相亲转移注意力。尽管男孩女孩聊得不错，也很快到了谈婚论嫁的程度，男孩父母却始终不看好这门亲事，一直劝儿子三思。男孩不听，果不其然，结婚后没多久妻子和前男友再续前缘，三角情债的狗血剧情把家里闹得鸡犬不宁。

大妈讲完，啧啧感慨道："你听听，这都是血淋淋的教训，年轻人谈恋爱，怎么能不听老人的呀？"

我说："但您说的这也都是个例，不能代表大部分人。"

"那你给我举个不听父母言，最后还和对方过得特别幸福的例子？"

我想了想，暂时还真没有。不过我也不能苟同她的看法，毕竟典型的"我身边人"的例子真的不能说明什么，于是又和大妈论战了好久。这会儿身边一位一直观战的保洁大爷清了清嗓子，插话道："哎呀，我听你们俩分析了半天，怎么都没说到点儿呢？"

我和大妈一起看向他。

"这搞对象呀，情人眼里出西施，一向都是当局者迷，甭管旁观者是谁，父母也好，朋友也罢，看人看得都比本主儿清楚，但你捧着对方跟个宝贝似的，除了父母谁敢跟你说实话呀？也就爹妈能苦口婆心地劝你！"

大爷说完夹着笤帚簸箕走出了门，留下我和大妈陷入了深深的沉默。

敢自嘲的人

和中学同学聊天，聊到了曾经一位特别可爱的老师。

老师是教英语的，深受学生爱戴，和教学水平无关，只是因为她从不在乎被学生说三道四，甚至还会迎合大家对自己的评价凹人设[①]。比如这位老师上课的口头禅是"now（现在）"，动不动就说"Now, open your books（现在，打开你们的书）""Now, listen to me（现在，听我说）"，有同学统计过，一节课她整整说了52个"now"。老师知道后，不仅不生气，还觉得很有意思，每每上课时忍不住说"now"，她都会冲台下忍俊不禁的学生们会心一笑，同学们一看老师自己都绷不住了，立刻哄堂大笑，那上课氛围绝对是网红级的。

后来有一次那老师晚上遛弯，竟不知怎的掉到了井里，虽说人

[①] 凹人设：指一个人给自己设定某种特定的人物形象或标签，通常是为了展现一个特定的自我形象，以获得他人的关注和认可。

无大碍,但脸上也挂了彩。她休假期间,我们疯传她事故经过的各种版本,幸灾乐祸者不在少数,老师康复上班后,知道同学们对她的遭遇很好奇,特意在复课时把她掉井里的经过用很猎奇的语气讲了一遍,还笑嘻嘻地指着自己脸上的伤口提醒我们走夜路要注意安全,千万不要和她一样出大糗,甚至掰开自己的嘴:"瞅瞅,牙都掉了一颗。"

台下躁动好事的我们佯装同情,最后实在忍不住,和老师笑作一团。从那以后,这位老师的江湖地位更高了,我们不仅都喜欢上她的课,私下里还会找她说心里话,毕业之后都有很多学生回校找她玩,多年后的同学聚会回首往事,我们最怀念的也是她。

想起我曾在网上刷到过一个叫尼克·胡哲的人的视频,他出生时没有四肢,从小受尽了非议甚至是霸凌,却凭借着顽强的意志力长大成人,还成为一名演说家。演讲时他毫不避讳自己的生理缺陷,甚至多次以此自嘲,比如他讲到有一次自己乘坐汽车,车外的一位女士很好奇地从窗口打量过于矮小的他,他便很任性地扭动身体,在座位上打了一个转,搞得女人以为他是脖子旋转了三百六十度,吓得落荒而逃。台下观众听到此处,笑声雷动。

怎么说呢,能直面调侃并且勇于自嘲的人,总会给人莫大的亲近感。一方面,他主动捅破了那层八卦的窗户纸,让自己身上的那些隐晦成了光明正大的分享,另一方面,他又展示出了强大的自信,堂而皇之地宣告"无论你们怎么添油加醋,我都不 care(在乎)"。

我们始终要明白,很多时候生活中的八卦就像是海水里的水母,当你在黑暗中借着波光望去时,发现它们是那样灵动夺目、摄人心魄,然而真正拿在手里,也不过是一摊软趴趴的胶状物而已。是远远地被人长久好奇凝望,还是干脆袒露成一眼看到底的真实,取决于你自己。

就好像曹操揶揄夏侯惇:"喂,你眼瞎了一只,上战场感觉怎么样?"

"挺好的,感觉敌人都少了一半。"

酒鬼的父亲

有一个冬天的晚上,我们地铁里有一个小伙子喝多了不出站,在站厅里来回徘徊,站长怕他出啥事,叫我来一起帮忙处置。

唉,我就怕这种,好多酒鬼你不搭理他还没事,一管他他倒人来疯了。但数九寒天小伙子只穿了一件夹克,又醉得五迷三道,我们不敢放他自己走,便把他带到站长办公室,哄着问亲属联系方式。这家伙酒气熏天,结结巴巴地说着好些不着边际的话,什么单位里的糟心事,身边见到的各种不平,颠三倒四就是不讲重点,最后非要自己出站,晃晃悠悠地出了门又不认得路,在七拐八绕的员工通道里来回转悠。

我们一行人跟贪吃蛇似的追着他,发现他衣兜里有张某家酒店的员工卡,于是联系那家酒店,前台一问三不知,给了我一个经理的电话,经理说这人已经辞职有一段时间了,他们管不着。

我们又从他手机里找到了跟小伙子喝酒的友人,但人家回复说已经回到通州了，也没工夫过来接他。

半天过去，小伙子非说我们欺负他，"哇"的一声哭了，怎么也哄不好。

站长是个小姑娘，特别不好意思地看着我："真是给您添麻烦了！"

我头大地说："先想办法联系他家里人吧！"

我核实了他的身份，好不容易找到了他父亲的联系方式，不久之后老人赶到，是个两鬓斑白的小老头，点头哈腰地对我们表示感谢。

老头是个细心人，怕天冷给儿子带了件棉衣，跟我们说孩子事业不顺，失业有段时间了，最近浑浑噩噩的，一喝酒就找不着北。

小伙子见老爹揭自己的短，一下子火了，说了句"不要你管"后扭头就往站外走。老头一路小跑追上去，想方设法给他披衣服。小伙子边走边闪躲，老头气喘吁吁地追着，十几米的路两人走得像猫捉老鼠，看得我们那叫一个心累。

下站厅台阶的时候，老头步子没捌好，一个趔趄差点儿摔到地上。儿子走在前面也没看到，兀自大步流星地往前走。我上去刚想问问有事没有，见老人又捧着衣服追上儿子，大喊着让他把衣服穿上。

"今天降温了！你把衣服穿上再走！"

要不是理智尚在，我真想上去扇小伙子一巴掌。但是再想想，又怎么能跟一个喝多了的人较劲呢？

一阵冷风吹过来，小伙子可能醒了几分，站在原地呆若木鸡地让父亲给他把衣服穿好。然后我看见他父亲佝偻着背，用右手的食指和拇指覆盖住整个拉锁上端，轻轻往上拉动，把拉锁拉到了儿子的领口。

是怕拉锁的牙齿钳着儿子脖子上的肉。

我不禁眼窝一热,蓦然间想起,自己小时候爸妈就是这样给我提拉锁的。但从小到大,我自己穿衣服却不会采用这种方式,尽管那样被钳一下真的很痛,但我从来不长记性。要不是亲眼所见,我几乎已经忘记这个细节了。

恐怕这个世界上比我们更加心疼自己的人,只有父母了吧。不知道那个小伙子酒醒以后,甚至在多年以后,还会不会记得,自己曾经在酒后失意的寒风中,被满头斑白的父亲满地追逐,享受着一个本应是不谙世事的小男孩才该有的细致呵护。

也许寡言无声的父爱,就是明明他记在心里,你却从没有看在眼里。

当你坚持原则时

地铁站都有进站口和出站口。我们辖区有座地铁站乘客基本全是上班族,光是早高峰最多时就能有上万人进站,出站者寥寥。站方为了方便特殊群体,会让一些身体有恙的乘客从人非常少的出站口安检进站。

然后站方跟我们诉苦,希望我们所派一名警力支援出站口。于是领导派我过去助阵。

一开始我还纳闷,那里人那么少,还需要警察?但等我站在出站口时才发现,这个门确实不好守。而真正让我头痛的,正是这里所谓充满人道关怀而又极为捉摸不定的准入制度。

地铁站方大的原则是,身体上有特殊情况不适宜排大队安检的乘客,可以从出站口进站。那么老弱病残孕者毋庸置疑在列。于是问题来了:多大岁数的人,算是"老弱"?七十岁?八十岁?还是生理年龄不太大,但身体状况欠佳者?

我记得有个看上去五十多岁、头发只是半白的乘客大爷曾经跟我掰扯,说自己身体不好,就要从这个口进。

"您得去进站口排队,这里是出站口。"

"我岁数大,腿脚不方便。"

"您也没太大吧。"

"一身病呢我。"

来言去语间,大爷飞快地给安检员检查了包里的东西,一只脚已经跨进了栅栏。

孕妇的标准也很迷幻。多数孕妇很讲规矩,进口之前先给我看诊断证明,但也有个别人,明明腰细肚平,却跟我说:"验孕棒刚测出来怀孕,还没来得及去医院。"

我也不好说什么,总不能管人家要验孕棒啊。

此外,还有说自己脚崴了的,说自己低血糖的,说自己抑郁症的,还有说自己患有人群密集恐惧症,一排队就休克的。总而言之一句话:我就是不能正常排队安检!

大型魔幻现场。

于是我守口那几天,从出站口安检进站的"特殊乘客"越来越多。地铁站还有一个特点,羊群效应特别明显。有人发现了这条捷径,干脆也编个理由智闯出站口。大家看我脾气好,编的借口也越来越随心所欲:起晚了,如果迟到要被开除了;去机场接女朋友,去晚了该闹分手了;赶着去医院,去晚了该没号了……更有甚者,我正在这边交涉,那边就有人偷偷溜进去,我只能跑过去阻拦,一时间场面热闹非凡。

那天我被领导狠狠骂了一顿。领导训我:"你是觉得自己在这儿行善积德呢?地铁乱套了怎么办?你以为那帮你给行方便的人心里都感激你呢？他们只会在下次找便宜时更加理直气壮！"

后来我想了想，其实问题不在于我的好脾气，也不在于我的同理心，而是在于我有种不想和乘客起争执的顾虑。我总认为我存在的意义就是给人民群众排忧解难，总不能辛苦半天，却招来大家的一顿埋怨吧？但现实却是：如果过于担心大家对我的看法，现场反而会秩序混乱，并给正常排队进站的乘客带来不公平。

于是再上勤，我铁面无私，只认规矩不认人。

年老者，如果不是坐轮椅或者挂拐，一律正常排队；孕妇，没有显怀或者没有医院诊断的，也一律正常排队，患病者亦是如此。其他个人理由，一律免谈！

整个世界都清静了。有人嘟嘟囔囔心怀不满地离开，也有人苍白地争辩几句，灰溜溜地往进站口跑。后面的人见前面的人碰了钉子，也自觉绕到进站口排队。大家都不再虎视眈眈地注视着曾经有空可钻的出站口。那些真正的病患、孕妇，一如往常从这里进入，我不需要他们的感谢，因为情感上的通融，本就不应存在于以规矩为准则的社会秩序中。

这个世界之所以有时候会让我们头痛，就是因为我们太在意别人的看法，从而被这种顾虑干扰到原本的情理和法则，进而反噬到自己本身。因为这里面存在一个现实矛盾，就是与人方便，并不能与公平公正地处理问题画等号。而当我们坚持原则，勇于面对外界释放的一切情绪时，我们就会发现，其实处理任何事情都会变得简单分明。

拿我举例，自从在这件事上得到转变之后，我是真的感受到自己在心理上变得强大了。

你也可以试试。

蛰伏的坏情绪

曾经一个事主处理完事情后,坐在警务室笑着跟我说:"我能在你这儿多待会儿吗?好久没有像跟你一样好好跟人聊个天了。"

我说:"哈哈,你这是憋了多久啊。"

她走后,我就琢磨起一个现象,就是我发现现在的年轻人对于日常情绪的把控,比前些年具有很强的稳定性,至少是在工作中,能够自我消释很多内心的不平。不止一个事主跟我聊天时吐槽,自己的公司里有这样那样的奇葩,遇到过这样那样令人崩溃的操作。但是他们并没有因为这些烦心事而影响工作,而是通过自我调节、社交降级,或者转移注意力来维持情绪的平稳。

这其实没什么问题。安东尼·罗宾斯曾说过:"成功的秘诀就在于懂得怎样控制痛苦与快乐这股力量,而不为这股力量所反制。"

之所以说现在的人比以前更能控制这种力量,是因为网络给我们编织了巨大的信息茧房,我们更习惯于独处,注意力也能够更容易地转移，遇到糟心事时，还能潜移默化地被网上的同类信息引导，比如发现自己的遭遇很多人都有，好些还更甚，于是获得欣慰，挨过了那些很可能会爆发的情绪节点。

但我们好像总是忽视一个问题，就是这些所谓的把控，到底是真正的把控，还是仅仅是对于情绪的暂时回避，甚至压制？

我想起曾经处理过的一件事，事主描述事情经过时，情绪异常激动，到后来终于哭了出来，归于平静之后，他撇嘴擦眼，说了一句："唉，终于哭出来了。"

所以我就想，现在很多人对于控制情绪，其实还只是一个伪概念，我们并没有真正把那些负能量消耗释放掉，而只是把它们选择性搁置，尘封在心底。这种能量日复一日地积累，终将在某一个临界点因为一些更不值一提的小事爆发。

比如煮面时烫了手，比如没有赶上一班电梯，比如周围人一句无心的话，比如地铁车厢里被人踩了一下脚。自以为平时可以游刃有余化解掉眼前烦躁的我们，却往往被这种小事引爆。

我处理地铁站的纠纷时，最常听到这样一句话："这人有病吧，就这么点儿事，至于吗？"

本人也会私下里和我说："我平常真不这样。"

面对真正的困扰时隐忍，却在不经意间的小事上失控，这恐怕就是我们所说的成年人一瞬间的崩溃吧。

所以我觉得对于情绪的把控，其实更在于怎样真正把那些过往的负面情绪消耗掉，而不是仅仅把它们扫进心底的垃圾堆。毕竟，垃圾也是需要清理的，垃圾也是易燃的，垃圾也会破坏秩序、污染环境。

我们可以倾诉，可以痛哭流涕，可以在把事琢磨透了之后，不让它继续释放出任何干扰性的信息流,也可以像电影《情书》里渡边博子对着山喊"你好吗,我很好"那样,出一口浊气,然后耳清目明地下山。

就是不能让它继续蛰伏。

其实糟糕的情绪就像是无数个熊孩子,你跟他们讲不清道理,而且越是逃避,他们就越是拉帮结伙如影随形地跟着你。那倒不如想办法搞到一把棒棒糖扔给他们,让他们傻乎乎地找个没人的地方使劲嘬去。

起码要从容

那天我处理了一件事,事主是一小姑娘,2000年出生的,还在上大学呢。我问她:"坐地铁干吗去?"她说:"去六院。"我问:"你怎么啦?"她面无表情地说:"重度焦虑。"

我很谨慎,继续问她:"为什么呢?"

她说:"学习呗。"听口气,已经对病情这东西无所谓了。

"给自己这么大压力干吗?"

"大家都在努力,我不使劲怎么行啊。"

仔细想想,其实我遇到的患有精神问题的年轻人真挺多的,有的抑郁,有的焦虑,还有精神分裂的,绝大多数都是知识青年。他们很努力,为了能过上更好的生活,拼命工作、奋进,跟自己周围同样奋进的人横向比较,生怕被别人落下太远。

恕我直言,不是说努力不对,但你也要正确评估自己。太过压榨自己,你不胜负荷心态崩了,也没什么意义,甚至结果更糟糕。

对于那些比你优秀的人，你首先要学的不是他们对自己有多狠，而是要学习他们虽然孜孜不倦却仍能够保持健康心态的本领。不是每个人都能够每天只睡四小时一直"爆肝"①工作和学习的，这需要强大的意志支持和超脱的奋斗境界。如果你只看到了努力的形式和表象，并且随之做了，那你也会被其吞噬掉很多生活热情。而这种损失，恰恰是你和你总想追赶的那部分人的差距。

有些人精神敏感，一点儿小事就上头；有些人生来神经大条，很少为琐事烦忧。有些人怕麻烦，处理一件小事都焦头烂额；有些人就是闲不住，日程表不安排得满满当当就感觉不到充实。

这就是人与人的区别。没有对错，只有性格和风格之分。而恰恰是这种区别，造就与限制了不同人的所谓成功。

而且总和别人去比较真的会失去很多东西。

我经常打交道的两个人——琼琼和梅梅，是两个在地铁站外面卖花的大姐。梅梅总觉得琼琼比自己卖得多，一想，老这样不行啊，她卖得快，就能早回家休息，早休息就能比自己起得早，然后在早市上能买到更优质的花，卖出的价钱自然就比自己高，这样就恶性循环了啊。于是梅梅一生气，降价！原本三块钱一朵的玫瑰被降到了两块钱。

琼琼很生气，也降，降得比梅梅还多。好家伙，地铁贸易战。

没两天，俩人打起来了。原因是梅梅听琼琼在西边跟人聊天，说回老家想买辆汽车，梅梅就特生气地说："她能买我也能买，老娘要买就买好的，今年回老家就买宝马！"话很快被传过去，琼琼那边听着赌气，直接卖鲜花送小花瓶，下了梅梅一城。梅梅直接过去理论，俩人一言不合挠了个满脸花。

---

① 爆肝：网络用语，指熬夜。

197

我听了过程哭笑不得，问梅梅："你非得和她比呀？"

梅梅振振有词："她总是刺激我啊！"

"但你们现在打了架，我必须得管，你先动手的就过去道个歉，看看你俩能不能说和说和，要是互不相让那就拘留！"

梅梅一脸淡定："把她也拘了就行！"

问琼琼，也是这话。

于是那天晚上，俩人坐着我们的警车直奔拘留所。到了拘留所体检时，还听梅梅质疑大夫："她咋能给药吃？"

"她血压高！"

几个月后，琼琼忽然从广场上消失了。有一回我去逛附近的一个花卉市场，竟然看见琼琼在百花丛中向我招手，然后甩出一张名片："马警官，这是我的店，你结婚找我订花，我给你优惠啊。"

这时候的梅梅还在广场外边，一个人坐在天桥下，守着自己的纸箱子盯着过往行人，既不吆喝也不搞活动了，眼神总是有点儿呆滞。她问了我两次："马警官，你说琼琼在市场里卖花，她一个月能挣多少钱啊？"

通过这两件事我一直在想，攀比实在是一件杀伤力极大的事。它能让你忘掉自我，它会成为一个充满邪恶斗志的包袱。乍一看去你充满动力，实际上你只是想喂饱肚子里的自尊心。对，你可能因此上进，可能因此克制懒惰、警惕安逸，但这样的勤奋是没有人生目标可以对接的。因为我们的一生里可能会遇到无数优秀的同事、同学，你超过了一个琼琼，会有另一个更厉害的琼琼冒出来。谁才是你的终点？你要丢掉多少只属于自己的东西，才能获得一时超越的快感？

如果你称霸不了宇宙，我觉得与人攀比的心，还是能放且放吧。理想生活的概念，是你起码要活得从容。

按急停按钮的小孩

有一次我值班，站务员叫我，说站台上的紧急呼叫按钮被人按了。

这个紧急呼叫按钮类似于电梯的急停按钮，就设置在站台边缘，按下之后列车司机会第一时间收到指令，然后紧急制动。如果站台上有了突发情况，比如有人或有异物掉下轨道，任何人都可以采用这种措施来防止事故的发生。所以当我听说列车因此急停之后，立刻冲出了警务室，想看看站台上出了什么幺蛾子。

到了站台，发现列车已经恢复运营，几个站务员一脸无语地围着个小学生，旁边就是那个红色的小按钮。

我大概明白是怎么回事了。

我问那孩子："你按的呀？"

男孩虽然年龄小，但高高壮壮的，戴着一只硕大的口罩，脸上可见之处已经憋成了猪肝色："嗯。"

"发生什么事了？为啥要按这个？"

"……"

我把他带回警务室，一番循循善诱之后，他才告诉我，刚才他和自己的一个同学进站坐车，等车时两人闲来无事对着那个按钮浮想联翩。

孩子们好像生来都对这种东西有执念，因为它意味着操作和改变，尤其当结果难以预料时，他们就更蠢蠢欲动了。

议论了一会儿，同伴问他敢不敢按。他说这有什么不敢的，伸手操作猛如虎。

我们一阵汗颜："你那个同学呢？"

"刚才车来了，他就走了。"

车站负责安全的领导也来了，对着孩子一通教导："孩儿啊，幸亏我们及时赶过去搞清了情况，没有影响运营时间，否则整条线路上跑的列车都会晚点，多少人都得遭殃！"

男孩吓得连连点头，我核实了他的身份，又给他家里打了电话，让家人过来接他回去好好教育。等家长的当儿，我又跟他聊了聊。

我才知道，他这么干不是第一次了，以前都是小打小闹，没想到这回跑到地铁里出风头来了。

他说他一直以胆大著称，别人不敢的他上，别人退缩时他冲。他总是那个第一个吃螃蟹的好汉，比如游泳，率先往深水区里跳；跨栏，拣最高的来；爬山，带头尝试捷径。

我问他为什么这么爱表现自己，他很平平无奇地说，因为自己是班里最高最壮的，如果不身先士卒，恐怕会落人口实。

我很不解："这个有必然关系吗？"

他特真诚地点头："有啊。所以大家都喜欢跟我玩。"

在他眼中,"勇者无敌"是真理,是维护自己在同伴中核心位置的制胜法宝。有他在,大家就没有满足不了的好奇心,没有激发不了的热情,没有延续不了的话题。而他也靠着自己的那些"壮举",维持着人际交往的高热度。

"所以您现在跟我在一起了。"我做臣服状。

他哭丧着脸:"我错了。"

但愿他确实认识到错了吧。其实我只是想告诉他,孩童时期的一腔孤勇,真的有毒。不管你给自己找什么借口,它映射的只会是你内心的恐惧。人只有在缺乏安全感时才会寻找外界的认同,而当你又没有与之匹配的实力时,所做的一切都会成为看似傲立群雄实际上只是哗众取宠的表演。

更何况,有的表演需要付出代价。

想起我们家附近曾经发生过一件事,几个孩子过年时玩爆竹,其中有一个爆竹点燃扔远后没有爆炸,一个孩子被怂恿着上前确认,他捡起爆竹还故作镇定地拿到眼前端详,结果爆竹忽然炸响,直接把他炸了个满脸花。

孩子们心智未开,他们想要的东西往往很简单,比如大人的认可、同伴的仰视,正因为如此单纯,所以很多时候会忘乎所以、不顾后果。我们要让他们知道,突破了原则边界之外的一切尝试都是有风险的,都只能沦为满足别人好奇心的炮灰。

就像电影《哈利·波特与密室》中那句台词说的一样:"让我们成为哪种人的,并不是我们的能力,而是我们的选择。"

傻乎乎沟通术

工作中有时我会陷入一个谜思，就是面对事主时，尽管我已经非常注重倾听并且努力疏解对方的情绪，但仍旧很难令一些心情低落甚至烦躁的人快速摆脱困境。

而我有一位领导就完全不同，常常是在他踏进警务室的那一刻，整起事件的氛围就变得犹如春风拂面。那些在地铁里和人发生矛盾、遗失了物品或者是其他需要求助的乘客都很乐意跟他聊天，哪怕聊的内容无关宏旨，双方也能如唠家常一般打成一片。

令我费解的是，领导并没有什么明确的沟通技巧，很多话都是随心所欲地脱口而出，既不刻意给对方心理按摩，也不存在那种投其所好的逢迎。甚至他时不时还会袒露出一些很犀利的观点，在我看来无异于在雷区"蹦迪"的那种。

比如，那天我无意间碰到他处理一起事件时，和其中的女事主聊天。也不知道他们之前聊到什么，女孩说起大学时自己是练短跑的,体重只有不到一百斤云云,领导惊讶地瞪大双眼:"是吗?那现在怎么胖了这么多!"

当时我简直天旋地转了,因为搁我我是绝对不敢轻易评价对方外貌的。我只会迎合地说一些赞赏的话,并且试图找一些体育方面的谈资继续话题。我觉得他这回一定会翻车了。

没想到,女孩并没有生气,只是自嘲地笑了笑,告诉他是因为自己毕业后一直疏于锻炼,前一阵又生了孩子,以至于现在如此。领导茅塞顿开地点点头:"哦,我说呢,当妈真的很辛苦,当初我老婆也胖了很多,照这么说你还算变化小的呀。"

女孩乐得合不拢嘴。

我后来才知道两人之前的一个多小时里海聊了很多内容,早就无话不谈了。领导很厉害的一点就在于,他从不说一句烘托气氛的场面话,只用自己傻乎乎不拘一格的气质去打开局面。那种感觉就是你除非之前看过一眼他的工作证,否则完全不会把他和一个循循善诱的警察联系到一起,他反而像一个在事发现场围观的热心老大爷,戳戳正烦郁愤懑的你的肩膀,懵懂地问:"哎哟,这是咋啦,跟我说说,看有没有咱能帮上忙的?"

没人会防备一个单纯只想打听新鲜事、看起来无所事事到只想让这人世间少一点儿恩怨纠葛的老大爷,你会感觉到他扑面而来的敦厚和真挚,所以你也不会在乎他说出多么直来直去的话。

况且有时候这种傻呵呵的风格也会引出更多的共鸣。拿这个例子来说,领导听说女事主之前练过体育,如果只像我一样发表一些泛泛的观点的话,他也就不会在对方说出是因为生了孩子后感慨为人母的不易,顺带画龙点睛地提一嘴她也不算很胖。这一下就升华了,让对方感觉这个老头挺逗,又实在,又体贴人。

后来我发现这种沟通方式其实在主流观点中是有迹可循的。我之前看到过鲁豫的一个采访视频，讲的是她采访山区的几个孩子，问他们：为什么不经常吃肉？是因为肉会坏吗？当时我还觉得这是啥水平，谁还想不到是因为吃不起？她怎么就不动动脑子呢？后来我在网上看到一篇分析，说这其实是鲁豫的一种话术，如果她先把"吃不起"这句话说出来，孩子们就只能点点头，再没有别的表达空间。正因为她降维了自己的思考逻辑，孩子们才能很认真地回答吃不起肉这件事，并且说得声情并茂。

　　和我们领导这件事一样，事情过去很久，我依旧能回想起他对女事主说的那句"当妈真的很辛苦……你还算变化小的"，我觉得那位姑娘在很长时间内也会尤为感怀。

　　或许在沟通的时候，我们不需要在心里预设前提和目的，而是要想一想，我们要以什么样的方式，先令对方找到表达的自信，这样才能在观念的交换中，获得令双方都愉悦的结果。

五张比萨

我之前有过一个幼稚的心结。比如一些乘客向我问路，哪怕是我不熟悉的路线，我也会掏出手机亲自为他们导航一下，尽全力为他们指明方向。而令我气馁的是，有的人在对话结束后便抬脚离去，连声谢谢也没有。

之所以说难以启齿，是因为作为一个警察，根本没道理在本职工作中讨要感谢。可我又不是人工智能，情绪上难免会因此有些小小的失落。

一次，我们副所长也碰见了一件类似的事，当时他历尽一个礼拜的周折，帮一位在地铁里丢了电脑的乘客物归原主，乘客感激涕零之余，表示一定会给他送一面锦旗，但承诺并没有兑现，最后他连根锦旗的毛也没见着。领导对此满不在乎，我心里却替他打抱不平，觉得终究还是有些错付了啊。

因为不好意思在同行间吐槽，我便和一位在街道工作的发小闲聊起了此事。没想到她像见我戳破了皇帝的新衣一般兴奋，赶紧给我讲述了这样一件事。

她说有一次自己社区里一个老人犯了心肌梗死，街坊们帮忙叫了救护车，但她发现急救站点其实比就近的医院要远很多，中途还可能堵车，于是提议赶紧叫一辆网约车直接把病人送到医院。街坊们畏畏缩缩的，不愿意，怕过程中老人出了什么岔子自己背锅，劝她不要节外生枝。但她力排众议，找了两个靠谱的帮手，叫车抬人一气呵成，以最快的速度赶赴医院。

老人幸无大碍，医生说还好送得及时，要是再晚十分钟就很危险了。

发小当时特别自豪，甚至自己都有种重获新生的飘飘然。可是等到老人家属赶来，一干人忙前跑后地料理住院事宜，都没怎么搭理一直守在病房门外的她。事后，家人们也只是象征性地向社区表达了感谢，也没有强调她的英明决断。这令她有些挫败，又羞于言表，在同事间还要佯装很无所谓的样子。

我眼睛一亮："没错没错，就是这种感觉！"

于是我对这个话题胆肥了一些，某日见到领导，聊到他上回帮事主找电脑的事，调侃了句："您看，送锦旗只是说说而已吧，人家才没把您当回事呢。"

没想到领导前一秒还笑着，后一秒眼珠都翻到脖颈子去了："你老惦记着这些，还干个屁呀！"

我灰溜溜地回屋了。

心想：你说句实话就那么难吗？

也是挺巧的，没过多久我在站里帮助了一位求助的女乘客。事情耗费一番周折，圆满解决时，乘客忽然从警务室外面拎进来一大摞比萨,对我和辅警说:"我看你们中午都没怎么吃饭,就订了点儿吃的,赶紧垫点儿吧。"

我看了看那摞比萨,足足有五大张,立马从椅子上跳起来,让她赶紧把比萨带回家去。她却说只是为了聊表谢意,推推搡搡非要塞给我。我说绝不能要,她甩着胳膊说:"嘿,马上晚高峰了,车厢里人那么多,你让我怎么拿啊?"

"那退了?"

"骑手'弄死'我。"

最后她好说歹说,从袋子里面抻出一盒,说就拿自己晚饭够吃的就行了,然后头也不回地跑出门去。

身体里一下被灌满了热情洋溢的暖流,令本来饥肠辘辘的我突然就不饿了。五彩斑斓的比萨盒堆叠在桌面上,像一团发光的宝藏,透着难以言表的神圣,也点亮了我心里那些曾经灰暗下去的角落。

一口都没有吃,没舍得。当时的想法很简单,就是想把这份具象化的成就感多延续延续。它们存在的意义远远大于果腹的功能,更在于那种真挚付出后,不期然听到的美妙回响。

半夜地铁收车时我把它们拎回了所里。正好碰见领导坐班,跟他说了前因后果。领导好奇地扒拉了一下袋子,叨咕了一句:"好家伙,都硬成干儿了,这也没法吃了呀。"

"是啊,我也不饿。"

"你瞅瞅,你做了什么,其实人家心里都有数。你管他们怎么表达呢?就算是不表达又能如何呢?你又不是冲着这些东西去的。"

后来我就想,其实他说得挺对的。这几张比萨对我来说,到最后也无非就是一份冷掉变质的碳水化合物,就算是吃掉,也是只能解一时之饥。在物质层面上,我对它们的接受度仅限于此。而换一种角度理解,便是我真真切切看到了事主心里的感激,它们是一种媒介,把两颗心之间的物理隔膜打通了。

真的只是一种表达而已。

而表达也绝非仅此一种。指路时对方眼里豁然开朗的眼神,找到遗失物时失主喜上眉梢的庆幸,锁定嫌疑人时被侵害者如释重负的笑,这些都是表达,真实得一眼见底。哪怕它们不像比萨那样香气扑鼻,哪怕它们最后来不及化为热泪盈眶的感谢,也足以让我确信那句话,他们心里有。

相比起我曾经对客套感激的执念,彼此感应的获得感,才是真正的价值所在。

要去爱，而且认真爱

和一个女事主聊天，她的一席话给我的感触还挺深的。

当时我们正在等待事件的处理结果，闲暇时就有一搭无一搭地闲聊。她知道我刚刚结婚后有些溢于言表的羡慕，一会儿说"年轻真好"，一会儿说"抓紧享受"，好像爱情是一辈子只能收割一次的果实，如果没有好好体验，就一定会永远地烂在那棵被称为人生的树上。

老实说，对于这种解读，我是有些恐惧的。于是几乎带着战战兢兢的试探，我问起了她的婚姻生活。

她是一名护士，结婚已经十多年，有两个孩子，老公在另一家医院里做后勤。两人当年经人介绍相识，很顺利地结了婚，然后按部就班地贷款买房、生儿育女、赡老教子。这些年下来，日子过得平平无奇，要说不幸福吧，其实也没遇到什么过不去的坎；但要说美好，她又觉得乏善可陈，经常有种一眼望不到头的空落。

我很宽慰地帮她定义:"波澜不惊。"

她笑:"那还不如叫随波逐流。"

"那也挺好的,有首歌不是叫《平凡最浪漫》嘛。"

她坐在椅子上,握起双手很随意地搓着两只食指,欲说还休:"咳,你太年轻,还体会不到那种一旦闲下来,心里就呼呼长草的感觉。"

她说生活的重担放一边,其实自己更多的虚无感来自丈夫。步入中年后,他们之间的话越来越少,哪怕两人在从事的行业上有着大量交集和共同话题,也知道彼此的接收点和抒发点在哪里,但仍然很少开口去扯几句哪怕很不经意的闲篇。因为相互太熟悉了,很多话就像自问自答一样,再多的共鸣也很难产生获得感。

比如那天她在厨房做饭,随口给正在客厅洗衣服的老公讲起了一件病房发生的趣事。没说两句,老公就大声问她在说什么,原来是油烟机的轰鸣掩盖了她的说话声。当光着膀子的老公甩着双手的泡沫掀开厨房门帘子让她再说一遍时,她忽然丧失了表达欲。

"没什么,找不到生抽,现在找到了。"

她很清楚,双方都没有什么错,只是漫长且无味的生活把两人驯化得越发沉默。

我有点儿窒息,想打断这个话题,直到听到了她后面说的话。

"绝大多数人的婚姻不都是这样吗?"

"对,大多数人的婚姻里,只要没有第三者,只要没有什么客观上毁灭性的打击,其实都是这样将就着走到最后,就看你以什么样的理由在坚持。"

有人是为了孩子,有人是畏惧离婚分割财产,有人则只是想看上去有个像模像样的家。

"那您呢？"

"我？我倒没有那么现实，我就想我当年还是挺喜欢我们家那位的，毕竟是自己认认真真谈的恋爱，怎么会记不得。"

她说这些年老公变化好大，头发少了，肚子鼓了，爬楼梯时会老气横秋地喘气，买菜时也变得婆婆妈妈地计较。但至少这个人还是她记忆里的那个，而且令她庆幸的是，在她有限且绵延的记忆中，这个人在美好年华时的鲜活形象，仍然占据着不可替代的位置。

因为，这个形象和她共度过很多重要的时刻。

她曾经坐在自行车的后座上，揽着他没有一丝赘肉的后腰，笑看下班回家时飞快倒退的树丛；曾经在午后林荫满地的小公园里，调动着青春轻盈的身体，和他一起惬意又不甘落后地慢跑；曾经被他牵着手，故作满不在乎地去吃一顿味道不那么喜人但价格令人瞠目的西餐；曾经在结婚前夕，和他嬉笑着到大市场里捉迷藏一样地挑选花花绿绿的遮光窗帘。

拥抱起来，连汗味都飘着香；一时龃龉的时候，心中就会滋生疯狂的探索欲。

她忽然神采飞扬，竖起一根手指："我告诉你，那时候是真的好，没有微信视频之类的，我们俩一天能发好几百条短信。"

我有些恍然大悟了："所以您让我好好享受现在，是这个意思呀。"

"当然了，当年是真的喜欢，回想起来再看看他现在这样子，虽然有点儿辣眼睛，但也就不那么烦他啦。"

所以说，爱情中，爱与被爱，前者虽不绝对，但一定不能缺席。我们只有在一段亲密关系中投入足够的感情，才能形成刻骨铭心的记忆点。激情消退的感情生活可能像一片荒原，但这种记忆点就像是一个永远插在泥土里的地标，让我们不会彻底迷路的同时，还能想起这里曾经枝繁叶茂遍地花开的样子。

要去爱，而且认真爱。

毕竟无论年华怎样逝去，在内心深处，我们都还是那个只属于良辰美景的少男少女。

地铁站里的情侣们

最近看一档访谈节目，受访嘉宾说，每次他走出地铁，看到周围人潮汹涌的乘客，觉得他们就像是穿梭在输油管中的燃料，虽然看似有活力地奔向前，却一个个动作机械、表情木然，好像都失去了感情。

很迎合丧文化的观点，我却不太认可，我建议他去观察地铁里的那些情侣。

虽然那些人只是少数，但恰恰能击破这种苍茫无力的表象。人只有在有具体对象的时候才会释放出情感，哪怕是不经意的，也和孑然一身时大不相同。你会看到那些情侣有着照顾对方速度的步履，有着随时准备聆听的微表情，有着虽然左顾右盼但始终属于对方的目光落点处。

清晨他们从同居的小家出来走上地铁，在某一站短暂告别，那么那段共同的旅途便是沉默的车厢里如同脉搏一般的温柔声息。他们会坐在座位上互相小声交谈，会站在角落里利用逼仄的空间共同看一段短视频，会在大客流涌入时保护着对方，也会在一方到站时微笑挥手，直到彼此在互相的视线中消失。

又比如今早我坐地铁时看到一个男孩靠在窗边的座位上昏昏欲睡，邻座的一个女孩很安静地刷着手机。两人当时并无交流，但我凭借他们那种自然而然的舒适就判断俩人一定是一对。果不其然，一会儿女孩的网络可能忽然不好，扣下手机无所事事了两秒，把手伸到男孩胸前，轻轻地拍落上面可能沾染的早点残渣。

男孩微睁双眼，把头靠在了女孩肩膀上。

他们疲惫吗？的确有可能，但你不能说这样的他们表情木然。再看那些独自赶路的行人，他们之所以面无表情，是因为他们当时只是一个人罢了。他们爱与被爱的时候，也许是与另一半在夜空下闲庭信步，是回到家对着餐桌上爱人的杰作大快朵颐，是牵着对方的手一起去喂楼下的流浪猫。

那些场景可能充满着初春的泥泞潮湿，可能沉浸于糖醋排骨的香甜美味中，可能有周旋于花间草丛中的小心翼翼，偏偏就不在一个人满为患的通勤场所里。

所以凭什么说人家失去了感情呢？

其实爱情一直就不单单是那两个人的事情，这也是为什么有那么多人喜欢看爱情电影。不管是身边人还是旁观者，看到爱情，尤其是真实的爱情，好像都会更喜欢这个世界一点点。因为这种东西是我们共通的生命力，只要有它在，人就是活的，就不可能一直面无表情，也不可能只是一份机械的城市燃料。

被爱着固然是令人羡慕的，但羡慕和嫉妒的区别是它不那么激烈，它只是一种虚张声势的下意识，它的底色其实是希望。我们一定会接纳这种美好，因为相爱的人们更像是一颗颗路过的小火苗，照亮了我们自己能够幸福的可能性。

警察荣誉

一个地铁民警的警察荣誉是什么?

是被需要感。

它可能是绝境里紧紧抓住你的一只手。记得曾经有天晚上,一位喝多了的乘客从站台的阶梯上摔下来,摔得头破血流,满地狼藉,我们赶到现场时已经有很多热心群众聚拢在周围,打电话、问伤情,止血的纸巾堆成了暗红斑驳的小山。

拨开众人,看见伤者以一种奇怪的姿势痛苦蜷缩,我蹲上前去查看他的状况。对方见身穿制服的我过来,颤巍巍地伸出胳膊,紧紧抓着我的手,含混又卑微地表达自己的求生欲。我甚至能从他沾满血迹的手掌里感受到脉搏的跳动,微弱而滚烫,颤抖而有力,恐惧中疯狂输送信任,让我除了不离不弃,没有任何多余的念头。

它可能是一滴不想被外人看到的眼泪。之前有一家四口乘坐地铁,其中的老人突发疾病昏倒在地,经过所有在场人员的协助和医护工作者的救治仍然没有救回来，深夜我们把在医院忙完善后工作的小两口和他们的孩子接回所，领导让给他们每个人泡了一碗泡面。

"饿了吧？先吃点儿东西吧，吃完饭再回家吧。"

几人看着桌上热气蒸腾的面条相顾无言，谁也无法从突然降临的悲剧中回过神来。我把泡面碗轻轻地往死者儿子的身前推了推，他才拿起筷子，在里面无意识地搅动。随后我看见他呼吸的节奏随着手中的动作变得急促，鼻腔里有了难以抑制的委屈闷哼，眼泪顺着脸颊滴落，他强忍着爆发，对妻儿说了句"吃"，然后捞起面条，用大口的吞咽掩饰汹涌而出的悲伤。

它也可能是词不达意的困惑和无助。我遇到过一个女事主，在地铁里无故被人殴打，对方乘车逃走，直到报案的那一刻都没有搞清楚自己到底是怎么引祸上身的。哭泣、颤抖、丧失起码的叙事逻辑，她一面对我们说再也不敢乘坐地铁，一面又在踏出派出所大门之前整理好妆容，咬着牙佯装无事地踏上那条地铁线路赶往公司上班。只请了半天假，她承受不起为这种糟心事耗费更高的成本。

当我们经过排查找到那个殴打她的男乘客并对他依法处理后，女乘客终于可以在做完笔录之后，面向阳光堂堂正正地再一次走出我们的大门。那一刻她的心情与我是共通的，我才知道其实获得勇气和洒脱很简单，那便是身临其境地感受到安全，不必带有任何苟且和侥幸地在世间行走。

现实中的警察荣誉就是如此吧。穿着这身衣服，不是必须深入虎穴九死一生，也不是必须时刻以多么高光的形象在人群中伫立，它的价值所在是那份人民群众在不知所措时油然迸发的需要感，只要看见你，就能松口气，就能不抓瞎，就能把心放在肚子里，长长久久地维持生活中那份最朴实的祥和。

和平年代，只要握紧那只在外人看来似乎并没多少共情、对他自己来说却如救命稻草的手，你便能达成只属于这份职业的英雄主义。

番外

1.

上个班值班，一个小姐姐找我报案，说自己的行李箱丢了。

我说："多大个儿的？"

"好大个儿的。"

"里面都有啥？"

"有笔记本电脑，还有很多公司文书。"

她告诉我她刚刚出差回来，下了火车就乘坐地铁，结果坐了一圈快到家了，发现自己手上没有了行李箱，打了地铁服务电话报遗失，目前还没有给回复。

我问："落在地铁车厢里了？"

她说："有可能，也不一定。"

我又问："最后一次记得提着箱子是啥时候啦？"

"忘了。"

这就有点儿脱线了,小姐姐也显得很不好意思。她向我提出了一个诉求,问能不能看一下地铁监控,看看自己进地铁的时候提没提着箱子。

我帮她联系好看录像的事宜,在她要去看录像之前又多问了一句:"你确定出火车站的时候,箱子还在自己身边?"

她嘻嘻一笑,说就是因为不确定自己带没带出火车站,才想看看地铁监控啊。

逻辑鬼才。但我很快意识到一个问题,如果她压根没把箱子带出火车站,又耗费很长时间去看地铁监控,不是瞎耽误工夫吗?于是我决定好好引导她回忆一下。

我先指着安检闸机,说:"你刷卡进站时,在闸机内提着大箱子应该会有比较局促的感觉。"又指着层层叠叠的台阶,说:"你提着箱子乘坐扶梯的话,也肯定要用手扶着箱子才能站稳,进了车厢后,你也会下意识把箱子放到不碍事的角落,对吧?这些都有印象吗?"

站务员、安检员都围在旁边看我们,频频点头。这简直是个大型推理现场。

结果她做了一个狗头表情:"完全没有印象啦。"

忽然她一拍脑门,说:"我上地铁时,给同事发了一张车厢里的照片,也许里面有线索!"

她把照片找出来,是坐在座位上随手拍的照片,虽然角度很随意,也没什么内容,但画面里没有箱子的丝毫踪迹。

我顿时柯南附体:"嗯,有可能就是你没有带出火车站。毕竟提着那么大个儿的箱子出站,一路上有那么多需要注意的地方,你肯定是会感觉到箱子的存在的呀。"

她的眼珠转了转:"有可能。要不我去火车站问问?"

我说:"你可以先去火车站问问,毕竟存在很大可能性。哪怕没有,你去那里挂失一下,然后再来看地铁监控也不迟,双管齐下嘛。"

她就去火车站找箱子了。

我这个人心里有点儿事就放不下,回到警务室还在想,我的推断没有问题吧?别回头一通分析给人家添了麻烦,最后箱子还是在地铁里丢的。万一再影响了找箱子,里面那么多贵重物品,她得多糟心呀。

我越想越不踏实,好半天都心神不宁。

一会儿电话响起,是站务员,告诉我姑娘找到箱子了,就是落在火车站里了,她现在就在地铁口,您还过去嘱咐她两句吗?

心里一块石头落地,我腾地站了起来:"去,我这就来!"

扎好腰带,打开肩灯,我脚下生风地走向地铁口,一路上还挺扬扬自得的,心想这回要好好跟这傻姑娘普及一下安全防范意识,千万别再这么三心二意了,乘坐交通工具,第一是人身安全,第二是财产安全,得对自己负责啊,吧啦吧啦。

我到了姑娘面前,姑娘高兴极了,一个劲儿感谢我,夸我聪明。我深藏功与名,问她:"你坐了一路地铁都没注意到箱子没在自己身边,当时在想啥呀?"

她一脸认真:"想晚上吃什么好吃的。"

我满嘴的谆谆教诲又缩回去了。在他乡辛辛苦苦工作好几天,当然要好好犒劳一下自己咯。多么纯粹的小确幸!

她问:"您怎么啦?"

我赶紧说:"没事没事,赶紧回去吧,一会儿天该黑了。"

看着她拖着箱子小心翼翼地过了闸机,我回想起她刚才那副想吃饭的天真表情。也许这次失而复得的经历,更能让她胃口大开吧。我脑子里已经出现她在饭桌前风卷残云的壮观景象了。

哈哈,我还挺骄傲的。

2.

只能说北京老大爷都是宝藏。

在北京,不管你是哪里人、住在哪里、从事什么行业,只要你认识一位身体健康又相对开朗的大爷,那绝对是一笔财富。

我刚来地铁站上班时,负责坐地铁给站上的警务室运水。桶装水上面印着醒目的广告语"滴滴甘甜!",扛在肩上却是千斤重担。下了站台下台阶,下了台阶又得横穿站厅,中午站里没有乘客,就看我一人被这桶"生命源泉"压得气喘吁吁。这会儿不远处一个疏导员老大爷厉声朝我吼道:"滚着走,滚着走!"

我心想这是骂我呢还是骂谁呢?回头一看,大爷正虎视眈眈地朝我过来,颐指气使:"我说你把水桶放地上,一推,不就行了?"

我按照大爷的说法把水桶横放在地上,轻轻一使劲,桶就跟滑轮似的骨碌骨碌地朝前滚动,仅仅几秒钟就抵达了目的地。

大爷得意扬扬地看着我:"这不就得了?"

"是是是。"我一边擦汗一边讪笑。

"不过不能告诉你师傅你是推着过来的。"他忽然贼眉鼠眼。

"怎么了?这样不卫生?"

"也不是,"他跟汇报什么机密似的压低声音:"就是会有泡泡。"

我第一次处理乘客纠纷,是两个小伙子在站台上起了争执,互相推了两把，冷静下来双方都有些后悔，想和平解决，但是谁也不肯先低头，坐在长椅两端相顾生闷气。我第一次处理也没经验，吧啦吧啦问了一堆事情经过，头脑愈加混乱。这会儿又是一个疏导员大爷凑过来，问："怎么啦？"

我前前后后这么一说，大爷还没听完就叫他们两人都站起来："过来！"

俩人一脸蒙地走到他左右，忽然被大爷双双牵起了手。那架势，就跟司仪要让新人永结同心似的。

大爷把俩人的手使劲一搭："先握个手！"

俩人跟触电似的一缩，大爷嘎嘎笑了起来："哟呵，两个大男人，还不好意思了！"

小伙们面颊通红："没有……"

站台上等车的几个小姑娘扭过头朝我们笑。

"这大早上的，都不上班啦？迟到了领导不罚钱？不都说年轻人工作压力大吗？"

"是是是。"

"再握一个，握一个嘛！"

"不了，也不是什么大事。"

"能过去了？"

"能过去，能过去。"

就真过去了。俩人走后，我万分感谢大爷，大爷却"凡尔赛"[①]起来："这不算啥，上回我叫俩人还拥抱了一下呢！"

慢慢地，我发现北京大爷比大妈还健谈。大妈聊天多局限于生

---

① 凡尔赛：刻意地展示优越感。

活琐碎，大爷的谈资则是包罗万象，上到各种国家大事，下到各种社会现实，每回执勤跟他们聊一会儿，脑子里都能更新海量的八卦。

还有一回有个案子，我们找来一个疏导员大爷当证人，给他做了一份笔录，大爷从头到尾配合得滴水不漏，提供了很多关键信息，还说了很多前情提要和对于事态的看法，就差联系上下五千年升华主题了。

"我这样说行吗？"他还问我。

"没问题，已经很好了。"

"那就行，哎呀，我都出汗了！"

笔录做完，我进进出出忙活了大半天，却发现那大爷还一直坐在原地。我赶紧跟他又说了一遍他可以走了。

大爷却抖腿："没事，那个……"

"咋啦？"

他忽然一脸认真："回头你要是碰见我们队长，跟他表扬一下我！"

看见没，这就是我们北京老大爷，热情，爽利，自来熟又好哄。

3.

有一回地铁站有纠纷，我出警，将双方带回。

俩男子打架，其中一个女性是一方的同行人。我就先给这个小姐姐做笔录，问她事情经过。

小姐姐三十多岁，保养得不错，一看平时就注重形象，妆容也很考究。但她在经历了血雨腥风之后情绪不太稳定，对我们按部就班的处理程序也显得很不耐烦。

她跟我说:"你们为什么不把打人的男的拘了!"

"我要先了解案情啊!"

她很生气,不过再生气也要做笔录,但她一直不能冷静,总是数落我的不是。当时已是深夜,我也疲于应付,来言去语之间她非常不满,说要投诉。

警长知道了,把我叫出屋说:"你赶紧处理好!"

我心想,这让我怎么处理?安抚吧,她肯定以为我怕了,会更加嚣张;无视吧,人家没准直接送上投诉大礼包。

我痛定思痛,转了转眼珠,返回了询问室。

"咱们继续做笔录,我问你答。"我依旧十分严肃。警长在门口用班主任视角凝望。

她更加抵触地看着我,屋子里的空气都僵硬得掉渣。

"啪!"我先使劲拍了一下桌子。

警长的眼神都涣散了,他以为我疯了。

只听我对她说:"先报一下年龄——你,九几年的?!"

之前我偷偷看过她向警长出示的身份证——八十年代生人。

于是小姐姐以最快的速度忘掉了要投诉的事情,并在一片祥和安泰的气氛中做完了笔录。

4.

一次值班时,我光速处理了一次纠纷。

俩小哥都是坐地铁上班,甲路过楼梯口时,碰到了正在打电话的乙,俩人发生争吵,互相推了几把,被站务员制止,双方强烈要求民警处理。

警务室里,甲说自己只是经过时擦边碰到了乙,却被乙反推;乙说甲是故意拱人在前,然后自己反击,自此开始互推大作战。

扯不清。其中一人说:"有监控录像吧?"

我说:"有。"

"那就看录像,看看到底是谁的问题。"

"对对对,那就看录像。"

"有受伤和财产损失吗?"

"没有。"

"不着急上班了?"

俩人都被火顶着,异口同声:"不着急。"

我面色严峻:"嗯……那你们得等等我,我想想我到了地铁监控室怎么说。我只能这样跟人家工作人员说:调一下这个时间段这个点位的探头录像,看看这俩男同志是咋回事,是路过时谁碰到了谁,还是谁拱了谁,故意的还是不小心的,然后谁推了谁,谁又推了谁,互相推了几把,谁推得更重一些,不着急慢慢调,反正人都没事,现在他们也不着急上班了,就等着录像结果呢……"

甲:"……"

乙:"……"

我:"还看吗?"

还是异口同声:"不看了。"

我:"赶紧上班去吧!健康宝给我扫了。"

5.

有一次,我在车站附近某个交通枢纽执勤。

我这个人执勤有个癖好,特别喜欢别人问我路,因为一个人站着特别无聊,跟形形色色的人搭话也是一种乐趣。

在服务了好些个找不着北的游客后,我看到一位母亲抱着三四岁的儿子飞快地向我靠拢。我猜他们一定是因为找不到展厅方向来向我求助,赶紧支棱起耳朵准备进入人肉导航模式。

没想到这位妈妈站在我面前不跟我说话,反而跟儿子冲我指指点点地说着什么。

然后我听见这位妈妈在跟儿子说:

"你看,他就是警察,妈妈在家给你讲过的,你看,他们都戴帽子,穿黑色的衣服,然后胳膊上还有这个标志⋯⋯"

小男孩可爱极了,手里捏着一块糖,眼睛一眨一眨的,听得很认真。

末了,妈妈说:"这回知道如果有一天你找不到妈妈了,找他们这样的人就可以。你好好记住他们的样子,戴着帽子,胳膊上⋯⋯"

他妈妈一边认真说着一边指着我这个活体教材。

小男孩直勾勾地瞅着我。

可想而知我多少有点儿尴尬,只能硬着头皮挤出一个"对的啦,就找我吧"的微笑。

没想到小男孩愣了一会儿,两眼竟然开始变得眼泪汪汪。

"怎么了,宝贝?"

小男孩扑向妈妈:"妈妈别不要我。以后我一定乖乖听你的话。"

6.

我想起了一件挺好玩儿的小事。

有一回晚上我在站厅执勤,看见一对大学生模样的情侣在长椅上坐着,女孩一直气呼呼地打电话,男孩则在旁边有些手足无措地坐着。女孩声音越来越大,我担心出什么事情,就时不时地往他们的方向多看两眼。

女孩放下手机就开始哭,男孩拍着她劝了几句,女孩抖肩甩臂兀自哭泣。一会儿女孩拿起手机又要干吗,男孩则夺过手机,两人一度发生争执。

我赶紧过去询问怎么回事。男孩赶忙站起来把我拉到一旁,说没事,女孩是自己女朋友,为了点儿小事正跟父亲吵架呢。那边可能一生气把电话挂断了,女孩气不过,要拨回去重燃战火,他就劝她先少安毋躁,都是家人,吵来吵去的伤感情。

我看了看还在抹眼泪的女孩,又看了看男孩,小声说:"那你好好劝劝她啊。"男孩连声答应。

但女孩情绪持续低落,坐在椅子上面如死灰,一言不发,男孩哄了半天也不管用。这期间我让辅警拿一次性杯子给女孩倒了杯水,女孩不喝,男孩也不好往地上放,就那么一直端着。

到最后,男孩说:"赶紧走吧,一会儿都没公交车了。"女孩好像说让他先走,不用管她。男孩有点儿着急了,说了好些话,又拉扯了几下,但女孩仍旧烦闷地不起身,似乎只想自己安静地待会儿。

见站台上人越来越少,我正琢磨着要不要上前帮忙劝劝时,高潮来了——男孩忽然想到什么,一口气把杯子里的水都喝光了,然后拍拍女孩,把杯子倒扣在了自己脑瓜顶,朝着她嘿嘿傻笑:"你看我,你看我!"

一顿操作猛如虎,我们都愣住了。

这还不算完,杯子里的水没喝净,顺着脸蛋淌下来,他还伸舌头舔了舔。

女孩瞬间笑了:"恶心死啦。"

然后俩人半推半就笑嘻嘻地走了,在明晃晃的灯光下拖出浪漫温柔的背影,全然不顾那个空椅子旁边已被虐傻了的警察。

7.

刚入夏时,我们地铁站有个乘客身体不太舒服,歪坐在站口的楼梯上喘粗气。我过去问了问,乘客也不晓得具体什么原因,只觉得胸口发闷,脑袋也有些犯晕。

我正询问他要不要拨打120,川流不息的人群中忽然有个小男孩凑了过来,对着瘫坐着的乘客指手画脚,自顾自地说:"是低血糖吧!我妈也低血糖,得吃糖呀!"

小男孩胖胖的,有点儿话痨,兜兜转转围着我们各种发问。我觉得有点儿碍事,想把他哄走,这会儿小男孩伸出手上攥着的一瓶可乐:"我有可乐,喝了就能好了!"

我瞥了一眼那瓶子,发现里面可乐只剩三分之一了,只有少量的已经没了气泡的液体在瓶底晃悠着。我没敢,也没好意思让乘客喝,只说现在还不知道是不是低血糖,再观察观察,给搪塞过去了。乘客也说自己好像是中暑,歇一会儿就好了,不用叫救护车。

乘客是约了朋友在地铁站附近见面,我就给他找了杯水,陪着他在台阶上休息,等他朋友过来接他。这期间小男孩也一直没走,溜溜达达地在旁边转悠着,嘴里还絮絮叨叨地问他饿不饿、冷不冷之类的,说要是饿,那铁定就是低血糖,他有经验云云。

乘客几番摇头,男孩像煞有介事地学着我的口吻说:"哦,那就再观察观察。"

过了大概二十分钟,乘客缓过来了,他朋友也到了,我把他送到站外跟对方会合。等我回来时,小男孩已经不见了。当时我心里还想,这小孩有点儿意思,想必是见过自己家人有低血糖的经历,就想着以过来人的身份施展一番,还挺有表现欲的。

想着想着,我竟然也想喝可乐了,就走到自动贩卖机买了一瓶。

喝到一半我忽然想起一个细节,就是男孩在围着我们转悠的半天里,好像一直都没喝手中的可乐,就那么像宝贝一般地攥着,哪怕自己前前后后说了那么多话,也没再动一口。他可能觉得,万一乘客真的是低血糖,手里的东西能派上大用场吧。

忽然我有些感动。

同时我也有些怨自己,这如果是个热心肠的大人,我一定会好言好语地感谢和解释,只因为他是个不谙世事的孩子,我就没太把他当回事,甚至还一度觉得他怪碍事的。我当时真的应该更温柔和耐心一些去安放他的好意的。

如果说这个夏天有什么遗憾,那就是忘记对那个曾经在地铁口环绕着我们,手中拿着小半瓶可乐,如冬日暖阳下蹦蹦跶跶的小企鹅一般的男孩说一句:谢谢你。

8.

上个班值班我在站厅里执勤,一个背着双肩背包的男乘客向我走来,手里还拿着一把手持小电扇。他跟我说,自己手机刚刚没电了,刷不了出站的闸机,想拜托我找个充电接口应应急。

站厅里没有插线板,我便带他来到我们警务室充电。来到警务室后,男人把手机充上电,我俩便有一搭没一搭地聊了起来。

我注意到他手中的小电扇是可以拆卸的,扇叶一端抽出底座后,还连着一根小电线,而底座和扇柄上并没有任何按钮。这让我有些好奇,电扇要怎么启动呢?随后我又发现底座上有个亮晶晶的像是触摸板一样的东西,于是用手戳了一下,发现它没有任何反应。

"它也没电啦?"我问男人。

"这是吸光板,不是按钮。"

"光能的啊?"

"对。"

"……可是我看到电线了啊。"

"当然了,它是光伏发电的,没有电线怎么连接发动机啊。"

"喀喀……"

随后他告诉我,自己是做绿色产能行业的,这是他们公司新研发的产品小样,这次准备专门坐高铁到河北给客户展示,因为怕放在背包里压坏了,所以一直宝贝似的攥在手里。

不用充电也不用塞电池,听起来很实用呢,也许量产后我就会先买一把图个新鲜。经过男人的同意,我拿起小电扇走到屋子里光线亮一些的地方,发现电扇却依旧不转动。

"它怎么还是不转啊?不是光能的吗?"

男人转过身认真解释道:"虽然是光能,但还是以太阳能为主,因为普通灯光的波长和照度是不够提供足够功率的。现在市面上大多数光能产品也都指的是太阳能,因为只有阳光的光谱最适合发电。"

我说:"哦哦。"

露了两回怯,我也不敢聊这方面话题了,转而提醒他:"坐地铁时,要把这东西拿好啊,别扎到别的乘客。"

男人点头:"好,好。"

随后我俩就不知道该聊什么了,大眼瞪小眼地坐了一会儿,场面有些尴尬。还好是快充,他手机很快有了一些电量。然后他起来拔掉手机,对我百般感谢之后,背起背包就出了屋子。

我关上门,冷不丁发现他的小电扇落在桌上了,于是赶紧拿起来追了出去。

"兄弟,你的电扇!"

站厅里男人回过头,感激地接过我手中的东西,然后似乎欲言又止。

"怎么啦?"

男人犹豫了一刻,轻轻说道:"哦,警官,这不是电扇,这是一个风车。"

9.

昨天值班,遇见一事还挺逗的。

我们地铁站连接着高铁,这几天旅客明显多了起来。其中有一家三口,男乘客拎着一堆行李,女乘客抱着个三四岁大的娃。见我在执勤,男人问我附近有没有卖烤鸭的,说回老家想给亲戚带点儿。我说没有,男人显得有点儿焦急,女人则在一边埋怨,听那意思好像是出门前丈夫收拾东西时,把她给家人买的一兜子北京特产落下了。现在离高铁发车只有不到一小时,再回去取已经来不及了。

两人用方言不怎么投机地交流了几句,最后男人一拍脑门,决定坐地铁去隔壁站的超市里碰碰运气,行李和孩子交给妻子照看。

说着男人就火急火燎地往地铁站台方向跑了。

见这位妻子有些烦躁,我便告诉她站里哪里有座位,她可以先带孩子休息一番。她没有采纳我的建议,而是一屁股坐在行李上,陪着孩子看动画片。看得出来她被丈夫的骚操作气得不轻,我也不敢再招惹,去别的地方巡逻了。

等我回来的时候,见女人还等在原地,孩子在她怀里已经快睡着了。我原想问她用不用带着孩子去警务室歇会儿,刚搭上话,她就不吐不快地数落起了丈夫,说他一向粗枝大叶,什么都指望不上,跟他一起生活心很累之类的,还说这下真完蛋,明明自己精心挑了那么多礼品,不仅全砸手里了,临时凑的肯定也非常不体面。

她越说越气,撂下一句:"等他回来跟他没完!"

她正说着,男人就拎着一只鼓囊囊的塑料袋小跑着回来了。女人腾一下站起来,跟个铁塔似的,看样子就要发作,我都出汗了,正想着是避一避还是劝一劝呢,就见男人一摸兜,跟变戏法似的掏出个东西递给已经蓄势待发的老婆:"你刚不是说耳朵痒痒吗?我买了一个挖耳勺!"

女人一愣,男人已经拖着行李走到进站口了:"走呀!"

"哦,哦。"女人抱着孩子紧随其后,一家人和和睦睦地踏上了归途。

10.

昨天值班,遇到两个瞬间很有意思。

第一个是我在站厅里巡逻,当时站里人不多,通道中央忽然凭空出现了一个五六岁大的小姑娘。她身穿一件小花衣,扎着两根俏皮的马尾辫,大大方方地问我火车站入口在哪里。我吓了一跳,忙问她爸爸妈妈呢。她指指身后不远处,一对歇脚的夫妻正倚靠着行李,笑意盎然地看着我们。

被放肆信任的感觉真好啊。

第二个是晚高峰时,一位女乘客忽然找到我,让我听她手中的电话。我接过来一听,对面是一位接站的男士,在我们这座盘根错节的车站里被绕晕了。和他核对好位置后,我陪伴这位女乘客去接应男人。女乘客大包小包地跟一位老太太倒腾行李,手里还拎着一些装有 X 光片的袋子。她告诉我老人是她母亲,母女二人是特意来北京看病的。

我问老太太是什么病,对方说心脏病。老人也挺奇怪的,这是老毛病了,早年间怕折腾一直抵触去医院,就么么将就凑合着,最近却越发精神紧张,必须检查出个所以然来。家人们偷偷一合计,估计是儿女们都成家立业了,她该操的心都操完了,想享清福了,就盼着还能多活上几年。于是儿女们出钱的出钱,出力的出力,一定得给老娘一个交代。

听说来北京看病,老太太来了劲,一路上精神抖擞,比婚礼吃席还乐和。在我给她们带路时,她还在抢闺女手中的行李,甚至走到前面给我们开路。不大工夫见到了接她们出站的亲戚,老太太笑逐颜开,一面迈着小碎步上前恭迎,一面还不忘回头反复跟我挥手道谢。女儿在后面边拖行李边让她慢点儿,那场面倒像妈妈管不住自己的娃了。

想起开头那个小姑娘,忽然觉得人这一生最大的勇敢,也许都集中在年少和年迈两个时间段。年少时我们自命不凡,对世间的一切充满了斗志昂扬的好奇，可以不畏世俗艰险地迈出前路未卜的步伐；年迈时我们历尽沧桑，终于认识了普通的自己，懂得卸下所有执念，凡心所向，素履以往，鸟语花香皆可以是我们的梦想。

这世上有多少个泯然众人，就有多少个找到了自由的灵魂。